이런 제목 어때요?

이런 제목 어때요?

최은경 지음

22년 차 편집기자가 전하는
읽히는 제목, 외면받는 제목

루아크
RUACH

제목을 잘 짓고 싶은 이들에게

"제목 뽑는 법 좀 알려주세요."

처음 듣는 말은 아니었지만 들을 때마다 난감했습니다. 편집기자로 일하는 동안 어떻게 제목을 정하는지 구체적으로 생각해본 적이 없었거든요. 그러다 몇 년 전, 시민기자들과 함께 '사는 이야기'(《오마이뉴스》 기사의 한 섹션) 연구 모임을 열고 알게 되었습니다. 세상에는 글을 잘 쓰고 싶은 사람만큼이나 제목을 잘 뽑고 싶은 사람이 많다는 것을요. 왜 그럴까요?

제목이 중요하다고 여기며 제목에 신경 쓰는 이유는 독

자들이 점점 제목만 보고 텍스트를 읽을지 말지 결정하기 때문일 겁니다. 어찌 보면 당연합니다. 한정된 시간에 모든 글을 보기란 현실적으로 어려우니까요. 특히 독자를 고려하고 글을 쓰는 사람이라면 가독성 있는 제목이 더 절실하죠. 10명보다는 100명, 200명보다는 1000명이 봤으면 하는 게 글 쓰는 사람의 마음이니까요. 그건 편집이 끝난 뒤 시민기자들의 반응만 봐도 알 수 있어요.

편집기자가 제목'만' 뽑는 사람은 아닌데 감사의 인사 다음에는 늘 이런 표현이 뒤따르더라고요. "제목 잘 바꿔주셔서 감사합니다" "글을 읽고 싶게 만드는 제목이었어요" "흥미롭고 깔끔한 제목이에요" "제 취향 저격 제목이에요" "제목으로 글까지 달라진 기분입니다" "기자님이 뽑아주신 제목으로 최고 조회수를 기록했습니다".

어깨가 으쓱해지진 않았습니다. 다른 사람에게는 없는 특별한 기술이 저에게만 있다고 생각하지 않았으니까요. 다만 '제목 뽑는 법을 글로 쓰는 건 좀 어렵지 않을까'에서 멈춰 있던 제 생각이 '써볼까?'로 조금씩 기울기 시작했습니다.

편집기자는 어떻게 제목 훈련을 하는지, 제목을 잘 뽑기 위해 가장 기본이 되는 일은 무엇인지, 문장 순서만 바꿔도 제목의 맛이 어떻게 달라지는지, 제목은 왜 짧을수록 좋다고 하는지, 제목에서 타깃 독자를 생각해야 하는 것은 어떤 이유에서인지, 읽히고 싶은 욕망을 어떻게 드러내야 하는지, 눈길을 끌려다 오히려 독자를 놓치는 경우는 왜 생기는지 등 제가 제목을 뽑으면서 고민한 과정을 있는 그대로 보여주는 것만으로도 도움이 되겠다 싶었거든요.

끝까지 쓸 수 있을까 불안할 때마다 '지나온 길은 반드시 흔적을 남긴다'는 말을 꼭 붙들었습니다. 열심히 글을 써놓고 제목 때문에 발행을 망설이는 한 사람을 떠올렸습니다. 그가 제목 짓기의 어려움에 꺾이지 않고 한 명의 독자라도 더 만나기를 바라는 마음으로 썼습니다. 제목이 전부는 아니지만 그럴 가능성을 높여주는 건 사실이니까요.

제 글을 보며 "제목 짓는 과정을 즐기게 되었다"라고 말해준 독자가 있었습니다. 참 감사했습니다. 이 글을 쓰는 동안 제가 독자에게 하나 바라는 게 있었는데요. 그걸 알아봐주신 것 같아 뭉클했습니다.

제목을 생각하면서 혼자 웃거나 괴로운 표정을 짓는 순간은 매일 있습니다. 힘들지만 싫지 않았습니다. 딱 맞춤한 문장 하나를 찾기 위해 궁리하는 그 시간이 좋았어요. 그러다 5만, 10만, 25만, 50만… 조회수가 깜짝 놀랄 속도로 터지는 날에는 뭔가 찌릿하고 짜릿했고요. '이 맛에 제목 뽑는구나' 하는 희열과 쾌감도 있습니다.

아는 걸 쓰기는 어렵지 않았습니다. 새로 깨닫거나 뒤늦게 몰랐던 걸 알았을 때는 말로 표현 못할 감동도 있었고요. 생각하지 못했던 제목의 숨은 의미를 독자나 시민기자가 짚어줄 때는 '아직도 배울 게 많구나' 싶어 더 겸손해졌습니다. 그 모든 순간에 '쓰기를 잘했다'는 생각이 떠나지 않았어요.

22년 차 편집기자가 쓰는 '제목 뽑는 법'이라면 누구나 궁금할 거라고 저에게 용기를 준 시민기자들이야말로 이 책의 일등공신입니다. 진심으로 감사합니다. 오래 함께 일해온 동료들도 빠뜨릴 수 없습니다. 옆에서 배우고 익힌 것들이 많았습니다. 작가로서의 시간을 응원해준 가족, 남편 이지용과 딸 이다은, 이다윤에게도 사랑한다 말하고 싶습니다.

이제 남은 것은 독자의 몫. 오늘도 읽힐 만한 제목, 독자를 끌어당길 제목을 고민하는 분들에게 도움이 되는 책이길 바랍니다. 그리하여 더 많은 독자와 만나기를 희망합니다. 이 책도 그랬으면 좋겠습니다.

2024년 7월

여름 장마에 최은경

차례

2부 제목의 밖

"

―

1부

제목의 안

"

잘 '심은' 제목

독자 마음에 닿기

《유혹하는 에디터》(2009)를 쓴 고경태 기자(이하 존칭 생략)는 책 출간 당시 영화 주간지 〈씨네21〉 편집장이었다. 책에는 신문사 〈한겨레〉와 주간지 〈한겨레21〉을 거치는 동안 그가 해온 '편집' 이야기와 편집과 관련한 일들, 가령 신문광고 카피 쓰는 법부터 콘텐츠 기획에 이르기까지 편집에 관한 모든 것이 총망라되어 있다(아쉽게도 종이책은 2023년 절판되었다).

제목을 '심는다'고요?

내가 고경태를 만난 것은 입사 3년 차였을 때인 2005년이다. 편집 실무야 회사에 들어와서 배우고 익혔지만 다른 곳에서 하는 편집은 어떤지 궁금했다. 특히 온라인 매체 편집기자인 내가 경험해보지 않은 오프라인 일간지 편집기자들은 어떻게 일하는지 알고 싶었다. 모르는 게 있다면 배우고 싶었다.

그때 나는 젊고, 열정이 넘쳤고, 뭐든 배우고 싶었으니까. 그러면 일을 잘하게 될지도 모른다고 생각했다. 많은 것을 알게 되면 더 성장할 수 있을 거라고도. 입사 3년 차, 일 욕심부리기 딱 좋은 때였으니까. 더불어 내가 하는 일을 회사 밖에서 관찰해보고도 싶었다. 그렇게 세상 밖을 두리번거리다가 그가 하는 '편집기자 실무학교' 강의를 듣게 되었다.

고경태는 말을 잘하는 달변가는 아니었다. 말로 정신을 쏙 빼놓기보다는 정신을 놓치게 할 때가 많았다. 말과 말 사이의 텀, 말하는 시간보다 침묵의 시간이 더 잦았다. 그럼에도 글을 쓰고 책을 내고 강의를 여는 것을 보면서 '편집'이라는 일을 대하는 그의 진심은 알 것 같았다. 한편으로 이런 생각도 했다. '편집기자가 말을 잘해서 뭐 한담, 편집한 기사로 보여주면 됐지.' 고경태는 그가 편집한 '결과물'로 설명이 되는 사람이었다.

그에게 배우는 시간은 일하는 데 활력이 되었다. 그런 기억을 떠올리며 근속 20년 차에 다시 읽게 된《유혹하는 에디터》는 한 마디로 '책으로 만든 이력서' 같았다(책 서문에서 고경태는 19년째 편집일을 하며 낸 첫 책이라고 했다). 책은 언제 읽느냐에 따라 똑같은 내용이 달리 이해되기도 한다는데, 내게도 그런 일이 일어났다. 책 뒷면에 실린 추천사에 시선이 계속 머물렀다. "(제목을) 심는다"라는 문장이 눈에 들어왔다.

> 고경태는 제목을 뽑지 않는다. 심는다. 기사를 써 던지면 그 손에서 뚝딱 스트라이크로 꽂힌다.
>
> ─〈중앙일보〉 문화 데스크.

"제목을 … 심는다." 이게 무슨 말이지? "기사를 써 던지면 그 손에서 뚝딱 스트라이크로 꽂힌다"라는 설명으로는 다 이해되지 않는 문장이었다.

가만히 떠올려봤다. 제목에 붙는 다양한 서술어들을. 제목을 뽑는다, 제목을 짓는다, 제목을 단다, 제목으로 올린다, 제목을 정하다, 제목으로 썼다 같은 표현을. 그런데 "제목을 심는다"라고 말하는 건 새로웠다. 들어보지 못했기에 신선했다.

비슷비슷한 수많은 문장 사이로 '이런 건 처음이지?' 하고 고개를 쑤욱 내미는, 낯설지만 좋은 표현이었다. 몇 번이고 곱씹게 되는 문장을 만났을 때 미세하게 떨리는 감정을 느꼈다.

추천사를 쓴 사람에게 왜 '고경태는 제목을 심는다'라고 한 건지 확인할 수 없어서 직접 알아봤다. 우선 '심는다'의 사전적 의미부터 확인해봤다. 사전에 따르면 '심다'의 의미는 이렇다.

1. 초목의 뿌리나 씨앗 따위를 흙 속에 묻다.
2. (비유적으로) 마음속에 확고하게 자리 잡게 하다.
3. (비유적으로) 어떤 사회에 새로운 사상이나 문화를 뿌리박게 하다.

'제목을 심는다'라고 한 것은 아마도 2, 3번의 비유적 표현에 가깝지 않을까 생각했다. 보통은 여기서 멈추고 말았을 텐데 호기심 많은 내 성격상 한 발 더 깊이 들어갔다. 사전을 찾아보는 김에 영어사전도 검색해봤다. '심다'는 보통 'plant'를 쓰는데, 여기에도 비유적으로 '(인상·생각 등을) 심다'는 뜻이 있었다. 다른 외국어 사전도 살펴봤다. 그중 '심다'라는 뜻을 가진 독일어 'einpflanzen' 풀이가 제일 마음에 들었다.

누구의 마음속에 무엇을 깊이 심어(깨우쳐)주다.

굉장했다. 제목 안에 이렇게 고급진 의미가 숨어 있었다니. 이러니까 '제목을 심는다'는 행위 자체가 대단히 멋지게 들렸다.

허투루 대할 수 없는 제목

자연스럽게 그동안 내가 지은 제목을 돌아보게 되었다. 좋은 기사를 더 많은 독자에게 보이고 싶은 마음에 새롭고, 재미있고, 기발한 제목을 고심할 때가 많다. 하지만 모든 기사에 100% 그랬다고는 말하지 못하겠다. 매일 습관적으로 시간이 되면 세끼 밥을 먹듯 큰 의미 없이 뽑은 제목도 있을 거다.

제목은 짧을수록 좋고, 임팩트가 있어야 하며, 독자들에게 호기심을 불러일으키기만 하면 된다고, 거기에 재치와 재미를 가미할 수만 있다면 기본은 하는 거라고, 엄청난 맛보다 기본에 충실한 맛만 내면 된다고 생각하면서.

그런데 제목에 이런 의미가 숨어 있다는 걸 알게 되니 함부로 다뤄서는 안 될 소중한 무언가를 손에 쥐고 있는 듯했다. 대학교 신문사에서 기사를 쓰던 스무 살 이후부터 편집기자로 산 20여 년 동안 마르고 닳도록 들었던 "제목을 잘 뽑아야 한다"라는 말은 그저 그런 뻔한 말이 결코 아니었다. 잘 '심은' 제목은 독자를 깨우쳐줄 수 있다는데, 그런 제목을 어찌 허투루 대할 수 있을까.

　물론 안다. 그렇다고 내가 검토하는 모든 기사 하나하나마다 의미를 담아 독자의 마음에 심어 깨우쳐주는 제목을 뽑을 수 없다는 것을. 하지만 지금까지와는 다를 거다. 이제까지 열심히 제목을 '뽑기'만 했다면 가끔은 제목을 '심어'보는 날도 있을 거라는 말이다.

이런 제목 어때요?

외면하는 제목

/

다 알려주지 않기

영화 〈싱크홀〉을 보고 극장에서 나오는데 남편이 말했다.

"영화 제목이 '싱크홀'이 아니었다면 어땠을까? 제목에서 다 알려주고 시작하니까 흥미가 떨어지는 것 같아. 언제 싱크홀이 발생할지 그것만 생각하게 되잖아."

'뭐지, 이 사람? 서당 개 3년이면 풍월을 읊는다더니, 편집기자를 아내로 두고 산 세월이 십수 년이라 그런가? 제목에 대한 원칙 중 하나를 짚고 있잖아?' 남편이 달리 보였다. 과장을 조금 보태서 좀 멋져 보였다. 물론 남편이 이런 내 속마음을 알 리는 없겠지만.

독자에게 '끌리는' 제목을 뽑으려고 할 때 여러 가지 고려해야 할 것 가운데 내가 중요하게 생각하는 건 이거다. '이런 내용의 글'이라고 제목에서 다 알려주면 독자가 읽지 않고 지나칠 가능성이 크다는 것.

외면하는 글이 되지 않으려면

제목에서 내용을 다 알려주면 독자는 그냥 가버릴지도 모른다. "그 글 봤어?" 누가 묻기라도 하면 "응, 제목만. 내용은 안 봐도 알겠더라"라며 글 쓴 사람 기운을 쏙 빼놓을 수도 있다. 제목 하나만으로 읽을 글과 그렇지 않을 글이 흥해가 갈라지듯 나뉘는 않겠지만 인터넷 세상에서는 흔한 일이다.

듣자 하니 넷플릭스의 경쟁 상대는 '잠'이라고 하더라. 우리 쌀의 경쟁 상대는 '닭가슴살'이고. 그렇다면 편집기자의 경쟁 상대는 누굴까 생각해봤다. 이 이야기는 제목에 대한 글이므로, 나의 경쟁 상대는 '제목 잘 뽑는 사람'이다. 예를 들어, 이런 제목이 있다고 치자.

반찬이 고민될 때 식당 사장도 활용하는 병원 식단

내가 독자라면 군이 이 글을 클릭해서 볼 것 같지 않다.

다 알려주고 있으니까. 그래서 나는 독자와 술래잡기를 한다. 그렇다고 꼭꼭 숨기면 찾는 사람(독자) 입장에서는 재미없다. 보일락 말락 숨겨야 찾는 사람도 의욕과 흥미가 생긴다.

아이들과 술래잡기할 때의 상황을 생각하면 이해가 쉽다. 술래잡기할 때 절대 못 찾게 숨으면 아이들은 속상해서 운다(이게 뭐라고 꼭 이겨야 직성이 풀리는 어른들이 있다). 적당히 찾을 수 있게 숨어야 아이들은 신이 나서 찾는다. 찾고 나서 까르르 웃고 함박웃음을 짓는다. 독자들도 그러지 않을까? 그래서 바꿔봤다.

반찬이 고민될 때 식당 사장도 활용하는 이것

다 알려주지 않고 '이것'이라고 하니 아까보다 조금은 더 궁금할 것 같다. 내용을 읽고 난 뒤 '병원 식단이었어? 별거 아니잖아?' 하며 실망할 독자도 있겠지만, 반찬거리가 고민되는 사람이라면 솔깃할 제목이다. 실제로 도움이 되는 사람도 있을 거고. 독자의 궁금증을 불러일으키기 위해 제목에 반드시 '이것' '저것'을 넣어야 한다는 말이 아니다. 내가 하고 싶은 말은 '놀자'는 거다. 제목을 갖고 놀아보자는 말이다.

피아니스트는 피아노 건반을 가지고 놀고, 운동선수나 무용수는 자신의 몸을 가지고 논다. 가수는 노래를 가지고 놀거나 박자를 가지고 놀고, 마케터는 데이터를 가지고 논다. 그렇다면 편집기자인 나는? 제목을 가지고 논다. 이 말은 곧 문장을 가지고 논다는 말이다.

문장 서술어를 이렇게도 바꿔보고, 저렇게도 바꿔보고, 조사를 붙였다 떼어보기도 하고, 문장 길이를 줄여도 보고 늘여도 보고, 종결어미를 의문형으로 할지, 명령형 혹은 청유형으로 할지, 감탄형으로 할지 고민한다. 이러고 노는 이유는 단하나, 사소한 어감이나 디테일에서 제목의 맛이 달라져서다.

그런데 혼자 논다고 생각하면 혼자만 재미있을 가능성이 크다. 같이 논다고 생각해야 한다. 누구랑? 글을 읽을 독자랑. 앞서 언급한 직업을 가진 사람들의 놀이 상대가 청중이나 관중 혹은 소비자라면, 제목을 뽑을 때 생각할 놀이 상대는 당연히 독자다.

제목 한 줄로 독자에게 놀자고 제안했을 때 그들이 어떻게 반응할지 생각하는 것은 꽤 흥분되는 일이다. 알고 보니 코미디언들도 그런가 보다. 코미디언 최양락이 tvN 예능 〈유 퀴즈 온 더 블럭〉에 출연해서 건넨 이야기가 유독 인상 깊게 들렸다.

> 그 맛으로 〈코미디〉 하는 거예요. 야구선수가 홈런 치고, 안타 쳤을 때 '아, 이건 넘어간다' 그 짜릿함. 우리도 마찬가지죠. 딱 이야기를 했을 때 계산된 게 있을 거 아니에요. 이거는 웃을 것이다. 어긋날 때 가장 속상한 거고. 그게 딱 터졌다! 천 명의 관객이 일제히 빵. 그 맛으로 코미디 하는 거예요.

최양락이 언급한 그 맛을 알 것 같다. 편집기자인 나도 제목 하나를 뽑으면서 '이건 많이 읽힐 것이다' 예측한 대로 조회수가 터졌을 때 짜릿하다(물론, 이 경우 여러 변수가 존재한다. '높은 조회수=좋은 제목'도 당연히 아니다. 수많은 경우의 수 가운데 제목이 좀더 주목받을 가능성에 대한 이야기다).

그럴 때 나도 똑같이 "그 맛에 제목 뽑는 거예요" 하고 말하고 싶다. 그의 말대로 '입이 귀에 걸린다'. 물론 계산대로 안 나오면 속상해서 땅굴로 들어가 드러눕고 싶은 심정이지만. 고백하면 야구선수가 '홈런왕'을 꿈꾸며 타율을 높이려고 노력하는 것처럼 나도 '제목왕'이 되고 싶어 이 글을 쓴다.

"되고 싶다"고 썼지만 이룰 수 있는 꿈이라고는 생각하지 않는다. 불가능한 꿈이라는 걸 안다. 나는 불가능한 꿈을 꾸며 그 세계를 동경한다. 선망한다. 잘하는 사람을 시기하고 질투하는 대신 그 방법이 나를 성장시킨다는 것을 일하면서 깨쳤으니까. 제목 짓기를 힘들어하는 사람들에게 조금이라도 도움을 주고 싶은 마음으로 이 글을 쓰면서 연마하다 보면 나도 조금은 더 '제목왕'에 가까워지지 않을까.

동경하는 마음으로 신도 아닌데 편집을 하고("편집은 신이 한다"는 스티븐 킹의 말에서 따온 문장), '제목왕'이 되지 못할 걸 알지만 최선의 제목을 위해 오늘도 여러 번 문장을 썼다 지운다. 실력이 뛰어나지는 않아도 매일 노력하는 마음만큼은 뒤지고 싶지 않다. 부족하더라도 최선을 다한 제목, 그거면 된다.

아래 제목도 그중 하나다. 뽑고 나서 제법 괜찮다고 생각한 제목. 아, 물론 제목이 모든 것을 결정하지는 않는다. 당연한 말이지만, 좋은 제목은 '좋은 글'에서 나온다. 그 이야기는 다음 기회에 하겠다.

원제: 2층에 산다는 건

바뀐 제목: "아파트 2층 찾는 사람은 없어요" 알지만 샀습니다

제목의 길이

압축해 설명하기

제목의 길이는 어느 정도가 적당할까. 인터넷 언론사에서 편집기자로 오래 일했지만 얼마 전까지만 해도 그걸 계산해본 적이 없었다. 아니, 생각할 필요가 없었다.

그런 내가 이 글을 쓰게 된 건 어느 블로거 때문이다. 그가 '(○○ 책에서) 제목은 23자 이내로 하는 게 좋다'고 했다며 블로그에 꾸역꾸역 적어놓은 걸 봐서다. 그 문장을 읽으며 누가 글자 수를 세면서 제목을 뽑나 싶었다. 바쁜데 언제 글자 수를 세고 있냐는 말이다.

이렇게 생각한 건 아마도 내 업무 환경 때문이었을지도 모른다. 나는 종이신문 편집기자가 아니니까. 온라인에만 기사를 싣기 때문에 PC 화면 기준으로 가급적 제목이 한 줄로 끝나게 하자는 큰 원칙 정도만 있었다.

제목의 길이

다만, 제목은 짧을수록 좋다고 생각했다. 신입 기자 시절 부터 PC 화면 기준으로 두 줄 제목이 되면 가독성이 떨어지고 보기에도 예쁘지(!) 않다(보이는 건 대단히 중요하다)고 배웠다. 되도록 배운 것을 지키려고 했다. 긴 제목은 그 글의 핵심이 직관적으로 독자에게 닿지 않을 수 있다. 독자가 두세 번 읽어 야 이해할 수 있는 제목은 실패한 제목이다. 핵심만 임팩트 있 게! 제목은 그래야 한다고 생각했고, 그렇게 제목을 뽑아왔다.

그런데 어느 날, 또다른 블로거를 보게 되었다. 그분 역시 어떤 책에서 제목은 몇 자 이내로 써야 한다는 글을 밑줄 쫙, 별표까지 그려놓으며 또박또박 적어두었다. '뭐야, 이런 내용 이 벌써 두 번째잖아.' 그제야 확인해보고 싶었다. 한 줄에 몇 자가 들어가는지.

〈오마이뉴스〉 홈페이지 화면 기준으로 한 줄을 꽉 채우려 면 띄어쓰기 없이 23자가 필요했다. 띄어쓰기를 고려한다면 15자 정도가 적당하지 않을까 싶었다. 물론 보통 그렇다는 것이고, 때에 따라 아주 짧은 제목을 쓸 때도 있고, 줄바꿈을 해서 더 긴 제목을 뽑게 될 때도 있다. PC 화면 기준으로 한 줄이 넘는 제목도 소셜네트워크서비스SNS나 카톡에 공유될 때 또는 핸드폰, 패드, 노트북 등 어떤 디바이스를 사용하느냐에 따라 독자에게는 달리 보이기도 한다. 그러니까 '반드시'는 아니다.

글자 수를 세어가며 제목을 뽑지 않는 내가 삼는 기준은 단순하다. 긴 제목은 한 줄이 꽉 차거나 넘치는 경우다. 짧은 제목은 중간 전후 혹은 이전에 끝나는 길이다(글자 수를 세어보지는 않지만 미리보기 화면을 통해 여백이 어느 정도 되는지는 확인한다). 문장의 길이가 중간쯤 되는 제목이 읽기도, 보기도 좋다. 여백 있는 문장을 선호하며 제목을 뽑을 때 그 기준을 따르는 편이다.

'제목을 짧게 쓰라'는 건 문장 자체를 짧게 줄이라는 말이기도 하지만, 조사를 빼거나 어순을 바꾸는 것만으로도 짧아질 수 있다는 걸 염두에 두라는 말이기도 하다. 제목이 좀 길다 싶을 때 조사를 빼거나 하는 방식으로 더 짧은 제목을 만들어본다. 독자들이 이해하기 쉽게, 읽기 쉽게 요리조리 레고블록 조립하듯 문장을 맞춰보는 것이다.

아래 제목은 기존 제목을 줄일 수 있는 만큼 줄여본 것이다. 더 줄일 수 있는 독자가 있다면 해보시라. 제목을 뽑는 데 좋은 훈련이 된다.

이슬아 작가의 글은 어떤 피드백을 받았을까
– 이슬아 작가는 어떤 피드백을 받았을까

욕 좀 가르쳐 달라는 아이, 그것도 창의적인 욕으로
– 욕 좀 가르쳐 달라는 아이, 그것도 창의적인
– 창의적인 욕 좀 가르쳐 달라는 아이

2년 만에 다시 요가… 하고 나서 알게 된 것들
– 2년 만에 다시 요가원에 가서 알게 된 것들
– 2년 만에 요가원에 가서 알게 된 것들

아이를 학원에 보내지 않는 엄마도 불안합니다
– 학원에 가지 않는 아이, 엄마도 불안합니다

어떤가. 줄이니까 더 한눈에 들어오고 무슨 기사인지 명확하게 알 수 있지 않나?

이런 제목 어때요?

　대학교 신문사에서 학생기자로 일할 때는 전체 신문 디자인에 따라 제목 글자를 늘이거나 줄였다. 판형에 맞춰 기사 배열이 끝났는데 공간이 너무 비어 보이면 디자이너 선배들이 나를 불렀다. "여기, 제목 두 글자만 더 늘여주면 안 될까?" 제목으로 안 되는 경우에는 사진을 키우기도 했지만, 레이아웃을 변경할 수 없을 때는 어쩔 수 없이 기사 제목이나 본문을 늘여야 했다. 반대로 제목이 너무 긴 기사가 많으면 이런 요청을 받기도 했다. "여기, 글자가 너무 많아서 빡빡해 보이는데, 이 기사 제목 좀 줄여줘."

　종이신문에서는 익숙한 풍경이다. 디자인까지 신경 써야 하기 때문이다. 당연하다. 보기가 좋아야 독자의 시선을 사로잡을 수 있다. 인터넷신문도 그럴 때가 있다. 섬네일(엄지손톱 크기로 줄인 사진이나 그림. 인터넷 매체의 경우 섬네일과 제목으로 메인 화면이 구성된다) 크기에 제목 길이를 맞춰야 할 때가 그렇다. 이는 기사를 배치할 때 종종 생기는데, 전체 판을 보고 눈치를 챙겨서 순발력 있게 제목을 줄이거나 늘이는 센스가 필요하다.

　2011년 한국편집기자협회가 발간한 《세상을 편집하라》

중 "편집 능력, 이렇게 키워라"에 소개된 '제목 달기 훈련'에서도 '글자 수에 맞춰 제목 뽑는 것'을 강조하고 있다(물론 오프라인 신문 기준이지만 온라인에 적용해도 크게 무리는 없다. 아, 물론 글자 수를 세라는 말은 아니다).

> 신문마다 조금의 차이는 있지만 제목의 가장 기본이 되는 자수는 대체로 8~12자다. 따라서 기사를 8~12자로 압축하는 제목 달기 훈련을 집중적으로 하는 것이 중요하다.

띄어쓰기를 고려한다면 15자 정도가 적당하지 않을까 하는 내 의견과 거의 비슷하다(나는 글자 수를 세지 않고 미리보기 화면으로 미루어 짐작하지만). 당연한 말이지만 이것은 기본 가이드다. 8자보다 적은 글자의 제목도, 12자보다 긴 제목도 가능하다는 말이다(지면의 한계로 인한 제한은 제외하고).

편집기자들이 제목을 뽑을 때 이런 훈련을 반복적으로, 지속적으로 하는 이유는 분명하다. 이 책에도 나와 있듯 '제목은 기사의 내용을 압축적으로 설명해야 하고, 독자의 눈길을 단번에 끌어당길 수 있어야 하기 때문'이다.

제목의 길이에 대해 딱 한 가지만 기억하면 좋겠다. 제목이 글의 핵심을 담고 있지 않는 순간, 늘어지는 순간, 지루해지는 순간, 무슨 말인지 와닿지 않는 순간, 독자의 눈길은 '얄짤없이' 다른 곳으로 향한다는 사실을. 그걸 원하는 편집기자가 있을까? 적어도 내가 아는 한 없다. 글을 쓰는 사람도 염두에 두었으면 좋겠다.

제목 뽑는 시간

시작 vs 끝

글을 쓸 때 제목을 먼저 뽑아야 할까, 나중에 뽑아야 할까? 다소 김빠지는 말이겠지만 정답은 없다. 언론사의 경우, 취재기자가 직접 뽑는 경우도 있을 것이고, 편집기자의 손을 거치는 경우도 있을 것이다. 일반 시민이 블로그나 브런치스토리 등 글쓰기 플랫폼에 쓰는 글의 제목은 대부분 글을 쓴 사람이 직접 지은 것일 테고. 하나씩 짚어보자.

제목 먼저 or 제목은 나중에

우선, 제목을 미리 정하게 될 때가 있다. 가수 이효리가 해외로 입양 보낸 강아지들을 만나러 가는 프로그램 〈캐나다 체크인〉의 시청기를 시민기자들에게 청탁해보려고 후배와 이야기하던 중이었다. 후배가 말했다.

"제가 그 프로그램을 보긴 했는데, 한번 써볼까요?"

"쓸 거리가 있어요?"

"제목만 지어놨어요."

"뭔데요?"

"'캐나다 체크인, 두 번은 못 보겠습니다'요."

'왜 두 번은 못 보겠다'는 건지 그 이유가 단박에 궁금해졌다. 그런 이야기를 글로 풀어낸다면 괜찮을 것 같았다. 특히 후배는 반려견을 키우며 임시 보호 경험이 있어 필자로 딱이었다.

글을 검토하면서 제목 생각하는 일을 직업으로 삼고 있지만, 이번 사례처럼 제목부터 떠올리고 글을 쓰는 경우도 있다. 취재기자는 취재 도중에 제목이 떠오르는 일도 있을 테고.

제목을 먼저 짓게 되면 뭐가 좋을까? 제목을 먼저 짓는다는 건 글쓴이 입장에서는 핵심 내용을 정하고 글을 쓴다는 말이다. 목적지가 분명한 여행은 좀처럼 길을 잃는 법이 없다. 글쓴이가 글의 주제를 제목 한 줄로 정리해두면 목표한 방향으로 충실하게 글을 써 내려갈 수 있다. 마치 경주마처럼 골인

지점만 보고 쓰게 되는 거다. 분량을 줄일 때도 제목은 좋은 기준점이 되어준다. 쓸데없는 대목은 빼면 되니까.

디자이너가 포토샵을 다룰 때 수많은 레이어를 쌓아가면서 원하는 이미지를 완성해가는 걸 보며 제목을 먼저 생각하고 글을 쓰는 것도 비슷하지 않을까 생각한 적이 있다. 디자이너 역시 철저하게 계획된 목적을 향해 레이어를 만들고 수정하고 삭제하기를 반복하는 사람들이기 때문이다. 하지만 실제 업무 현장에서는 글을 쓰고 난 뒤 제목을 뽑는 일이 더 잦은 것 같다. 이런 경우에는 기사의 시의성과 사람들의 관심도, 기사의 전체 분위기 같은 좀더 다양한 사항을 고려해 제목을 지을 수 있다.

제목을 뽑을 때의 마음은 글을 쓸 때의 마음과는 조금 다르다. 이 글을 독자에게 어떻게 잘 어필할 것인가를 최우선으로 따지기 때문이다. 아무리 의미 있는 기사라도 의미만 부각하면 외면하기 쉬운 세상 아닌가.

후배가 쓴 글 역시 최종적으로는 한 번 더 고려해야 할 것들을 생각해 "이효리의 캐나다 체크인, 두 번은 못 보겠습니다"로 독자를 만났다. '캐나다 체크인'과 '이효리의 캐나다 체크인', 이 두 문장을 내밀었을 때 독자 반응이 다를 거라고 생각했다.

〈캐나다 체크인〉이라는 방송을 모르는 사람도 "이효리의 캐나다 체크인"이라고 하면 궁금하고 반가울 수 있다. 당신이라면 뭘 선택하겠는가. 나라면 후자다. 독자의 선택도 당연히 '이효리'였다(실제로도 이 기사는 당시 인기기사 1위를 기록했다).

좋은 제목은 좋은 글에서부터

언젠가 "제목을 잘 뽑아줘서 고맙다"는 인사를 받은 적이 있다. 그럴 때 내가 말했다. "원고가 좋으면 제목도 잘 나온다"고. 인사치레로 한 말이 아니다. 과일 포장을 아무리 잘한다한들 과일이 싱싱하지 않으면 맛있다고 할 수 없는 것처럼 제목도 그렇다. 글이 좋으면 제목은 대부분 잘 나온다. 대부분이라고 한 것은 글은 너무 좋은데 제목이 뜻대로 안 나오는 경우도 있기 때문이다. 편집기자로서 그것만큼 괴로운 일이 없다. 혹시나 나 때문에 글이 덜 읽히는 건가 싶어서.

간혹 글보다 제목이 튀는, 다소 '오버'해 제목을 뽑게 되는 일이 있는데, 최종적으로는 수위를 조절한다. 잘 지은 제목은 시너지를 내지만 그렇지 않으면 글의 분위기를 해친다. 이런 태도는 글쓴이에게 민폐를 주는 행위이기도 하고(제목이 이상하면 글 쓴 사람이 욕을 먹는다).

중요한 건 튀는 제목이 아니라 좋은 글이다. 좋은 글은 하고 싶은 말이 분명한 글이다. 완성도 있는 글을 쓰려면 글 쓰는 사람이 쓰려는 걸 맞게 쓰고 있는 건지, 그렇지 않다면 무엇이 부족한지, 어떻게 보강하면 되는지 하나씩 다시 점검하는 게 우선이다. 명쾌한 답이 나올 때까지 시간을 두고 천천히. 많이 질문할수록 좋은 글이 나온다.

내가 직접 글을 쓰는 경우를 제외하고, 일을 하면서 뽑는 제목은 대부분 검토의 가장 마지막 단계에서 이뤄진다. "아버지를 보내드리며" "오랜만의 산행" "봄의 길목에서" 등 글쓴이가 직접 지어서 보낸 제목이 다소 밋밋하고 궁금함을 불러일으키지 않는다면, 어떤 내용인지 뻔하게 유추가 되는 제목이라면 고친다. 독자가 끌릴 만한 문장으로.

편집기자가 글쓴이의 제목을 손보는 가장 큰 이유는 글쓴이가 정성을 다해 취재하고 공들여 쓴 좋은 글을 더 많은 독자가 봐주었으면 하는 마음에서다. 내가 편집한 기사가 영향력 있는 글이 되고, 많은 공감을 얻을 때 일하는 보람을 느끼기도 하고. 하지만 감동도, 공감도, 정보도, 새로움도 없는 글을 제목만으로 어필하기는 어렵다.

마지막으로 처음으로 돌아가서 제목을 먼저 뽑는 게 나을지, 나중에 뽑는 게 좋을지에 대해 꼭 답을 해야 한다면, 그건 글 쓰는 사람이 '선택'할 문제라고 하겠다. 본인이 글을 더 잘 쓸 수 있는 방법을 취하면 된다. 제목 한 문장을 포함해서.

이슈를 담은 키워드

/

독자에게 신호 보내기

"부르르 부르르 부르르"

'이게 무슨 소리지? 남편이 핸드폰을 두고 나갔나?' 재택 근무 중이었다. 며칠 전부터 거실이 아닌 안방에서 근무하고 있는데, 나밖에 없는 집에서 울려대는 핸드폰 진동 소리에 신경이 쓰였다. '이런 진동을 낼 곳은 윗집밖에 없는데…' 그러다 말겠지 싶은 진동 소리는 계속 이어졌다.

'아, 전화 거는 분도 대단하시네. 어쩌면 저렇게 끊임없이 전화하시냐.'

'연예인이 살았나? 전화 진짜 많이 오네.'

'아, 이번엔 문자니? 카톡인가? 미치겠네. 언제까지 듣고

있어야 하는 거야.'

이사 온 지 4년, 한 번도 층간소음 문제로 직접 민원을 넣은 적이 없던 나다. 오늘은 참다못해 인터폰 수화기를 들었다. 간이 작아서 직접 윗집에 연락한 건 아니고 관리실 아저씨에게 하소연.

"아저씨, 핸드폰 진동 소리가 너무 크게 들려요. 핸드폰을 두고 외출한 건지. 아, 너무 심하네요."

아저씨는 위층에 연락을 해보겠다며 전화를 끊었다. 그러나 돌아온 말은 위층에 사람이 없는지 인터폰을 받지 않는다는 것. 그리하여 꼼짝없이 계속 진동 소리를 들어야 했다는 슬픈 이야기를 하려던 건 아니고, 오히려 '층간소음' 때문에 조용히 웃음 지었던 그날의 일에 대해 말하려고 한다.

● ─────────────── **튀는 제목은 아니지만**

처리한 지 일주일도 넘은 기사의 조회수가 수십만을 훌쩍 넘었다. 어딘가에서 계속 읽히고 있다는 말인데 그 어딘가가 어딘지는 정확히 알 수 없다. 단, 초기 발화 지점은 알고 있다. 구글이다. 최근 경향인데, 구글에 '픽' 된 기사는 압도적으로 많이 읽힌다(물론 예외도 있다).

이런 제목 어때요?

언론사 대부분의 기사는 홈페이지보다 모바일에서 더 많이 읽히고, 그것도 다음이나 네이버 같은 포털에 노출되어야 제법 읽혔다는 소리를 듣는다. 여기에 구글도 한몫을 톡톡히 하고 있다. 어떤 기사가 선택되는지는 알 수 없다. 알고리즘은 비밀에 부쳐져 있으니까.

알고리즘은 몰라도 사람들의 관심이 높은 키워드는 알 수 있다. 아니, 알아야 한다. 특히 독자들의 관심을 조금이라도 받고 싶은 콘텐츠 제작자들이라면 이 촉이 좋아야 한다. 잘 발달시켜야 한다. 들어온 기사를 편집하고 필요한 기사를 기획하는 편집기자들 역시 마찬가지다.

글쓴이가 처음 보내온 글에는 "층간소음 극복, 따뜻한 배려가 있으면 가능합니다"라는 제목에 "이사 가는 이웃에게 손편지를 받았습니다"라는 부제가 달려 있었다.

'층간소음 – 이사 – 손편지'로 이어지는 흐름이라면 구미가 당길 것 같았다. 좋은 이야기일지, 나쁜 이야기일지 한마디로 어떻게든 독자들이 반응할 거라고 봤다. 그 결과, 이 두 문장을 적절하게 섞어서 조합한 제목이 "층간소음 윗집이 이사 후 남기고 간 손편지"였다. 한눈에 봐도 튀는 제목은 아니다. 하지만 제목에 '층간소음'이 들어가면 읽힐 거라고 생각했다. 많이 읽히는 키워드라는 걸 경험으로 알고 있기 때문이다.

'핫'한 이야기를 담고 있다는 신호

사람들의 관심이 많은 혹은 관심을 끌 만한, 아니면 지금 막 뜨고 있는 사안과 관련 있는 글의 제목을 뽑을 때는 그 내용을 키워드 삼아 제목에 밝혀주는 것이 좋다.

이슈는 매일 달라지고 매주 바뀐다. 당연히 매달 변화한다. 사람들이 관심이 있으면 있는 대로, 없으면 없는 대로 제목으로 더 보여주거나 더 노출시킨다(너무 많이 노출된 키워드는 피하고 볼 때도 있다). 있던 관심은 증폭되고 없던 관심은 타오른다.

물론, 제목만으로 이런 효과가 100% 나타나는 것은 아니다. 사안의 파급력과 중요도, 글의 완성도에 따라 다르다. 앞서 말했지만 좋은 글에서 좋은 제목이 나오는 법이다. 공감과 공분을 불러일으키는 소재가 특히 그렇다.

'층간소음'은 그 대표 사례다. 층간소음의 피해를 적나라하게 담고 있는 글은 공분을 일으킬 것이고, 이번처럼 이웃 간에 배려 넘치는 훈훈한 이야기를 담고 있는 글은 공감을 사며 수많은 독자가 댓글을 달 것이다.

언론은 게이트 키핑의 역할을 한다. 그 역할을 하는 데 제목이 중요함은 더 강조할 것도 없다. 그런데 지면에서 인터넷

이런 제목 어때요?

으로, 다시 모바일로 언론 환경이 바뀌면서 언론의 역할도 조금 달라졌다. 없던 관심도 사회적 이슈로 만들어내던 이른바 '어젠다 세팅Agenda Setting'(의제 설정)이라는 언론의 가장 큰 권한이 시민들에게 넘어갔다고 보는 시각이 많다.

2016년부터 〈중앙일보〉와 〈JTBC〉에서 신문과 방송기자로 일하고 있는 송승환 기자도 자신의 책《기레기를 피하는 53가지 방법》에서 이렇게 썼다.

꼭 알아야 하는 내용을 알고 싶게 쓰는 게 뉴스의 중요한 역할 중 하나다. 이를 기사의 흡인력이라고 부른다. 흡인력 있는 기사를 쓴다는 것은 중요한 사안을 흥미롭게, 시민의 삶과 관련 있는 일로 인식할 수 있도록 전달하는 것이다. 기사의 흡인력은 디지털 환경에서 더 중요해졌다. 고양이 사진이나 연예인 관련 뉴스가 범람하는 속에서 시민이 꼭 알아야 할 기사가 선택받기 더 어려워졌기 때문이다.

그는 "심각한 기사일수록 시민의 삶과 관련 있게 어떻게 가공하는지가 더 중요해졌다"라고 말한다. 취재기자와 편집기자의 생각이 크게 다르지 않다. 편집기자 역시 취재기자들의 이런 노력을 잘 반영할 수 있는 제목을 고민한다.

독자에게 선택받기 위해 기사나 제목에 더 신경을 쓸 수밖에 없는 환경에 취재기자와 편집기자가 모두 적응하고 노력해야 하는 시대다. 물론, 그렇다고 독자의 구미에 맞는 기사만 쓰고 제목을 뽑는 건 아니다. 언론의 신뢰도를 조금이라도 의심받는 일이 없도록 조심하고 또 조심하며 이 길을 간다.

누리꾼에게 배우는 제목

촌철살인 조어

SNS에 도는 영상이었다. 영화 〈콘크리트 유토피아〉(2018) 제작발표회에서 배우 박보영이 함께 출연한 배우 이병헌의 연기에 대해 이야기하는 장면.

선배님이 정말 상상하지도 못한 연기를 하시는 거예요. 갑자기 막 분노에 차오르는 그런 연기를 하실 때가 있었어요. 앉아서 같이 농담하다가 (제작진이) "선배님, 이제 오실게요" 해서 "응, 그래" 하는데, 저 막 눈을 갈아 낀 줄 알았어요('이병헌 안구교체 설'이라는 사회자 말에 좌중 웃음). 10초 전에 봤던 눈이 저 눈이 아닌데, 잠깐 사이에 어떻게 눈빛이 저렇게 바뀔 수 있지? 아,

배우란 저런 것인가, 제 스스로 작아지고 작아지는 날들을 많이 경험했어요.

이 말을 듣고 생각했다. 배우는 아니지만 할 수만 있다면 나도 안구를 교체할 수 있었으면 좋겠다고. 배우가 아니니 당연히 좋은 연기에 대한 욕심 때문은 아니다. 그보다는 '이병헌의 눈빛' 같은 제목을 뽑고 싶은 마음이랄까.

설명하자면 이런 거다. 글을 열심히 읽다가 제목을 지을 타이밍이 오는 순간, 안구를 갈아 끼우는 거다. '유머러스한 제목 안구' '그림 그리듯이 보여주는 제목 안구' '리듬감 있는 제목 안구' '통찰을 부르는 제목 안구' '시적인 제목 안구' '호기심을 부르는 제목 안구' '내 이야기다 싶은 마음이 들게 하는 제목 안구' 등등.

이런 안구를 종류별로 갖고 있으면서 필요할 때마다 갈아 끼우고 10초 만에 죽이는 제목을 척척 뽑을 수 있다면 얼마나 좋을까. 누가 봐도 '아!' 하고 탄성이 나올 만한 그런 제목으로.

그러나 안타깝게도 하늘 아래 10초 만에 바뀌는 '이병헌 눈빛'은 존재할지언정 갈아 끼우는 '제목 안구'는 세상 어디에도 없다. 그리하여 나도 매일 작아지고 작아지는 경험을 한다. 심지어 누리꾼들 앞에서도.

편집기자로 일하면서 내 월급 떼어줘도(정말?) 아깝지 않을 만큼 '극찬하고' 싶은 사람들이 있다. 조어에 재능 있는 누리꾼들이다. 이슈와 뉴스 앞에서 그 존재를 당당히 드러내는 사람들. 그들이 빚어내는 기막힌 단어나 문장 앞에서 저절로 무릎이 '푹' 하고 꺾인다(제발 한 수 가르쳐주십쇼잉).

'순살자이' 창시자가 그렇다(당신은 누구십니까?). '순살'이란 뼈 없는 살코기를 부르는 것으로 주로 치킨 업계에서 사용하는 용어다. '자이'는 한 건설사에서 짓고 있는 아파트 이름이고. 헌데 이 둘이 어떤 이유에서 딱 붙게 된 걸까.

많이들 기억하고 있겠지만 그건 바로 사회 뉴스에서 비롯되었다. 공사 중인 인천 검단의 한 아파트 지하 주차장이 붕괴된 사고가 있었는데, 원인을 조사하다 보니 건설사의 부실 시공이 드러난 것.

이를 두고 한 누리꾼이 '뼈 없는 순살치킨처럼 철근이 없는 아파트'라며 '순살자이'라 불렀고, 이것이 사람들 입에서 입으로 전해지면서 '순살자이'가 뉴스 제목으로도 실리게 되었다. 이즈음 다른 건설사들의 부실 공사도 함께 언급되면서 '흐르지오'(폭우로 아파트 단지가 침수되면서), '통뼈캐슬'(아파트

철근이 콘크리트 밖으로 돌출되면서)이란 말도 생겨났다.

단언컨대, 이들이 만들어낸 말로 이른바 '제목 장사'에 도움을 받은 곳이 많았을 거다. 그런데 만약 누리꾼들이 정색하고 비꼬기만 했다면 이 말이 이렇게 많은 사람에게 회자되었을까? 아니었을지도 모르겠다.

비꼬고 비틀기만 한 게 아니라 촌철살인, 곧 날카로운 말로 상대를 아프게 찌르면서도 유머가 있었기에 독자가 반응했다고 본다. 순살로 뼈를 때리는데도 아프다. 그런데 재미있고. 이러니 내가 월급을 조금 떼어주고 싶을 만큼 '리스펙'한다고 말할 수밖에.

이뿐만이 아니다. 누리꾼들의 조어 감각은 곳곳에서 돌발적으로, 눈부시게 두각을 나타낸다. 기억하시는지, 드라마 〈마당이 있는 집〉에서 남편이 죽은 날, 경찰 조사를 마친 아내 임지연(추상은 역)이 중국집에서 짜장면을 먹는 장면.

그걸 보고 누리꾼들은 곧이곧대로 '게걸스럽게 먹는다'라고 하지 않았다. '먹는 행위'가 아니라 '먹는 것'에 주목했다. 그 결과가 '남편사망정식'이다. 외식 업계부터 발 빠르게 대응했다. 신속하게 남편사망정식 세트가 만들어졌다. 연달아 수많은 기사가 쏟아졌고, "역시 임지연"(〈더 글로리〉에서 '연진' 역으로 이미 화제가 된 바 있다)이라며 믿고 보는 배우에 등극했다. 덩달아 드라마도 화제가 되었음은 물론이다.

기억나는 게 또 있다. 포털 사이트에서 본 "여보, 우리도 새 아파트 가자"라는 문장으로 시작하는 제목의 기사다. 기사의 요지는 집값 빠질 때 신축이 '나홀로 상승'한다는 내용이었는데, 구축에 사는 내 입장에서 "여보, 우리도 새 아파트 가자"에 혹해 클릭했다. 그러나 이 기사에서 인상 깊었던 것은 신축 아파트값 상승이 아닌 댓글이었다. 역시 촌철살인식 유머가 돋보였기 때문이다.

"구축 가격 빠질 때, 신축은 철근 빠집니다."

웃음이 삐질삐질 새어 나왔다. 제대로 비틀었다. 건설사 가슴 타들어가는 소리가 들리는 것 같았다. 사례는 또 있다. 경북 영주시에서 사바나왕도마뱀이 발견, 포획되었다는 내용의 기사였다. 여기서도 눈에 띄는 댓글이 있었다.

"다이내믹 영주"

제목으로 써먹어도 전혀 이상할 게 없는 문장이었다. 지방 소도시 영주에 '다이내믹'이라는 수식어가 붙으니 단번에 주목하게 되는 효과를 불러일으키면서 궁금증을 자아낸다. 이러니 누리꾼들의 재치 뽐내기 대회 같은 댓글을 어떻게 그냥 지나치겠나. 당장은 어렵더라도 후속 기사가 이어질 때 이런 한 마디를 요긴하게 써먹을 수도 있는데 말이다.

사실 늘 독자를 염두에 두고, 독자 입장에서 이해하는 데 어려움이 없도록 편집을 하고 제목 뽑는 일을 하고 있지만, 종종 독자의 실체를 의심할 때도 많았다. '아니, 이 좋은 기사를 왜 안 봐?' '아니, 이런 기사를 왜 봐?' 싶은 마음이 들 때. 그 생각이 와장창 깨지는 순간은 '팩폭'(팩트 폭력)하는 댓글을 확인할 때다. '내가 모를 줄 알았지?'(사실과 다른 내용이니 다시 확인해봐라) 혹은 '이건 몰랐지?'(다른 면도 있으니 체크해봐라) 혹은 '그게 전부가 아닐 텐데'(다른 내용도 있으니 찾아봐라) 같은 지적을 해주는 독자가 댓글에서 존재감을 '뿜뿜' 드러낼 때.

그러니 글을 쓰는 사람도, 글을 검토하는 사람도 (악플이 전부라 짐작할지라도) 혹시나 진심 어린 독자의 반응이 하나라도 있을까 하는 마음으로 댓글을 살펴보는 거겠지. 그 기대를 어김없이 깨버리는 악플로 '마상'(마음의 상처)을 입는 날도 많지만.

공적인 글을 처음 쓰고 며칠 뒤 '댓글을 마주한' 소감을 전해온 이가 있었다. 글쓴이는 말했다. 어떤 댓글은 '읽으면서 새로운 에너지를 얻고 글쓰기를 하는 데 활력소'가 되지만, '낯 뜨거운 원색적인 용어로 대놓고 공격하는' 댓글은 '인생

전체를 부정당하는 듯한 참담함을 느끼게 한다'고.

글을 읽고 생각했다. '촌철살인'과 같은 댓글이 있는가 하면 '살인'만 하는 댓글도 있겠구나. '내가 먹는 음식이 나다'라는 말이 있다. 내 입장에서 쓰자면 '내가 쓰는 글은 나다'. 댓글로 쓰는 글도 마찬가지다. 그러니 단어 하나, 문장 하나도 막 쓸 수 없다. '악플이 나' 자신이라면 그건 너무 잔인한 일 아니겠는가.

제목과 신조어

／

표현 한 번 더 의심하기

취재기자와 편집기자의 '동상이몽'이란 게 이런 걸까. 책 《기레기를 피하는 53가지 방법》에 실린 제목에 대한 에피소드를 보면서 든 생각이다.

때는 지난 2021년. 코로나 기간 정부의 4차 재난지원금 소식을 전하는 기사를 쓰면서 기자는 고민에 빠진다. 경험상 정부 정책 기사는 독자들이 관심을 잘 갖지 않는 터라 평소보다 제목 선정에 더 신경이 쓰였던 것. 기자는 고심 끝에 "19.5 조 푸는데 왜 난 안 줘' 지원금으로 번진 '벼락 거지' 분노"라고 제목을 달았다.

그 후 이어진 문장은 "정책 기사가 이례적으로 엄청난 조회수를 기록했다. 댓글에 졸지에 벼락 거지가 된 사람들의 분노가 줄줄이 적혔다"였다. 제목을 뽑는 사람으로서 그가 느꼈을 짜릿함이 나한테까지 전해지는 것 같았다. 이 기자는 신조어를 잘 이용하면 이렇게 제목 장사를 잘할 수 있다고 평가했는데, 글쎄…. 안타깝게도 편집기자 입장에서는 아니다.

신조어를 쓸 때는 한번 의심하기

'빌라 거지'(빌라에 사는 사람들을 속되게 이르는 말), '벼락 거지'(자신의 소득에 별다른 변화가 없었는데도 부동산과 주식 등의 자산 가격이 급격히 올라 상대적으로 빈곤해진 사람을 가리키는 말), 특정 분야에 미숙하고 서툰 사람을 어린이에 빗대는 표현인 '주린이'(주식 초보자), '골린이'(골프 초보자), '와린이'(와인 초보자) 같은 용어가 쓰인 제목은 지양하는 추세다. 왜냐고? 차별과 편견이 담긴 표현이어서다.

책《아직은 좋아서 하는 편집》에서 나는 이렇게 썼다.

최근 몇 년 동안에는 편견이 담긴 표현은 아닌지, 미처 몰랐던 혐오의 표현은 아닌지, 성평등 가치에 어긋나는 것은 아닌지, 소수자나 약자에게 상처가 되는 제목은 아닌지 돌아보는 습관도

이런 제목 어때요?

생겼다. 가령 언론에서 여과 없이 쓰는 신조어인 '빌거'('빌라 거지'의 줄임말), '휴거'('휴먼시아에 사는 거지'의 줄임말) 같은 혐오와 차별의 말은 되도록 쓰지 않으려고 한다. 그럼에도 무심결에 주목을 끄는 단어를 써서 제목을 뽑고, 독자들이 다 읽은 다음에야 뒤늦게 후회하는 경우도 없지는 않았다.

일을 하다 보면 '요즘 이 말이 유행이잖아, 이 정도는 써도 괜찮아' 하는 유혹을 받을 때가 있다. 중요한 건 글과 상황에 맞게 써야 한다는 것. 그래야 뒤탈이 없다. 아무 데나 신조어를 가져다 쓰면 안 된다. 그러나 그럴 때가 있지 않나? 의도하지 않았지만 결과적으로 사달이 나는 경우가 생길 때. 얼마 전에도 그런 일이 있었다. 언론중재위원회(이하 언론중재위)로부터 회사로 제목 수정 권고 메일이 왔다. 이유는 제목에서 차별적 표현을 썼다는 건데, 문제가 된 표현은 '결정장애'라는 신조어였다.

언론중재위는 메일에서 "장애를 부정적 비유의 대상으로 삼은 표현을 제목에 사용하였다. 비록 유사한 경우에 해당 표현이 통상적으로 사용되는 경향이 있다 하더라도 대체 가능한 용어가 있으며 언론의 사회적 책임 내지 영향력을 고려할 때 장애에 관한 차별이나 편견, 부정적 인식을 조장할 우려가 있는 해당 표현의 사용을 삼가는 것이 타당하다. 이것은 각종 보도준칙이나 자율강령 등에서 지양할 것을 요구하는 사항이기도 하다"라고 시정 권고 이유를 설명했다.

이걸 읽고 '아차' 혹은 '어머' 싶은 사람이 많을 것이다. 나를 포함해서. 심지어 나는 그때 마침 검토하던 글의 제목을 고민하며 떠올렸던 단어이기도 해서 가슴을 더 쓸어내렸다. 당시 단어를 떠올리기만 하고 사용하지 않았던 것은 어디선가 희미하게 '결정장애는 장애가 아닌데 써도 되나?' 싶은 의심이 들었기 때문이다. 이 '작은 의심'을 놓치지 않아야 한다. 의심하고 확인하는 습관이 차별적이고 혐오적인 표현을 걸러준다고 믿는다.

어린이를 낮춰 칭하는 '급식충' '잼민이'를 사용할 때, '진지충'(어떤 주제든 심각하고 진지하게 반응하는 사람을 칭하는 말)이라는 표현을 쓰게 될 때, 그 외 계속 생겨나는 신조어를 듣고 그냥 웃어넘기지 않는 것, 무슨 의미로 하는 말인지 찾아보는 것, 써도 되는 표현인지 의심해보는 것은 제목 뽑는 일을 하거나 글 쓰는 사람이라면 꼭 챙겼으면 하는 습관이다.

이런 일은 소수의 사람만 할 수 있는 특별한 게 아니다. 누구나 충분히 할 수 있는 일이다. 약간의 귀찮음만 이기면 된다. 환경오염만이 아니라 말과 글의 오염이 심각해지고 있는 요즘 사회에서는 더 적극적으로 혐오 표현을 '혐오'라고 말할 수 있어야 하며, 대항 표현(혐오 표현에 대해 되받아치는 말하기)을 알려야 한다. 왜 그래야 하냐고 물으면 나는 지극히 단순하게 답하고 싶다. 다양한 사람과 함께 살아야 하니까.

독자에게 배운 제목의 한 수

"제목에 대한 연재 기사를 잘 보고 있다"라고 시작하는 짧은 응원의 글을 보낸 독자이자 시민기자가 있었다. 그는 말했다. 제목에 '존중'이 들어 있으면 좋은 것 같다고. 존중이 빠진 제목과 존중이 담긴 제목을 비교하면 어감이나 무게감이 확실히 다르다면서 본인 글의 제목을 사례로 설명했다.

가령, "공짜가 더 많은 가게, 엄마가 왜 이러냐면요"라는 제목은 '늙은' 엄마가 왜 이러냐는 식으로 조금 이상하게 비치지만, 검토 과정에서 바뀐 제목 "공짜가 더 많은 가게, 우리 엄마가 주인입니다"는 좀더 당당하고 자신감 있는 제목으로 읽힌다고.

아, 그럴 수 있겠구나. 몇 줄 안 되는 글이지만 제목을 지을 때 고려해야 할 생각 하나를 짚어주신 것 같았다. 그저 나무만 보고 살던 나에게 숲도 좀 보고 살라고, 더 큰 마음으로 일하라고 말해주는 듯했다. 돌아보니 차별적이거나 혐오적인 표현을 쓰지 않으려는 생각만 했다. 그 틀에서만 벗어나지 않으려고 돌다리도 두드려가며 일하지는 않았는지 반성하게 되었다.

표현 하나에 쩔쩔맬 것이 아니라 그분 말대로 제목을 뽑을 때 '존중의 마음'을 담아 문장을 쓴다면, 차별적 내용이나 혐오 표현이 들어설 자리는 자연스럽게 줄어들지 않을까? 독자에게 제목에 대해 한 수 배웠다.

모순의 효과

/

관심 집중시키기

《죽고 싶지만 떡볶이는 먹고 싶어》. 보자마자 기가 막혔다. '이런 제목의 책이 나올 수 있는 거였어?' 잊을 수 없는 문장이자 제목이라고 생각했다. 기분부전장애(경도의 우울증)와 불안장애를 10년 동안 겪으면서 정신과 의사와 상담한 이야기가 주된 내용인 이 책이 많이 팔린 건 아마도 제목이 팔 할, 아니 구 할은 했을 거라며 내심 제목 지은 사람의 감각을 부러워했다.

비슷한 생각을 나도 언젠가 했던 것 같다. 아버지 장례식장에서. 그 막막한 와중에도 배는 고팠다. '이런 상황에서도 배가 고프긴 하는구나.' 꼬르륵꼭꼭 거침없이 소리를 토하는 내 위장이 그토록 하찮게 느껴진 적이 또 있었나 싶다. 인간은 참 이상한 동물이라는 생각에까지 이르렀으니. 어떤 일이 닥쳐도 삶을 이어나가게끔 회로가 설계된 동물. 그러니 백세희 작가도 죽고 싶지만 떡볶이는 먹고 싶었겠지.

SNS 시대에는 직접 보고 듣지 않아도 좋은 건 너도나도 퍼다 나른다. 책을 읽었는지, 안 읽었는지 확인할 길은 없지만 이 책이 베스트셀러가 되면서 엄청나게 많은 패러디 제목이 쏟아져 나왔다. "결혼은 모르겠고 내 집은 갖고 싶어" 같은. 책이나 기사 제목, 제품 마케팅 문구, 강의 소개 카피 등등에서.

지금 당장 비슷한 내용으로 패러디해보라면 할 수 있다. "때려치우고 싶지만 승진은 하고 싶어." "채식은 하고 싶지만 치킨은 먹고 싶어." "연애는 하고 싶지만 결혼은 하기 싫어." "아이는 예쁘지만 출산은 싫어." 만약 제목에 저작권을 주장하는 출판사가 있다면 떼돈을 벌었으리.

알고 보니 이 제목은 출판사 편집자가 아니라 백세희 작가가 직접 지은 거였다. 작가는 어느 인터뷰에서 "왜 이런 제목을 지었는가"라는 질문에 이렇게 답했다.

우울하면 계속 우울해야 되는 줄 알았다. 그러다가 마르텡 파주의 《완벽한 하루》라는 책을 구해 봤다. 25살짜리 남자가 아침에

권총으로 자살하는 상상을 하면서 일어난다. 하루 종일 죽음을 생각하는데 심각하기만 한 게 아니라 재미있다. 작가는 이런 모든 것이 한데 모인 게 인생이고 모든 게 공존하는 것이라고 말한다. 아, 그래 행복과 불행이 따로 떨어지는 게 아니구나, 우울하다가도 배고픔을 느낄 수 있고 죽고 싶다가도 웃긴 말을 하면 웃을 수 있는 게 인생이구나, 당연한 거구나 받아들이게 되면서 마음이 많이 편해졌다. 사실 떡볶이는 그렇게 모순적인 감정에서 지어보았다. 슬픈 마음인데 제목을 위트 있다고 생각하는 사람들도 많더라.

　— 유지영, "'죽고 싶지만 떡볶이는 먹고 싶어'라는 제목은 사실",
　〈오마이뉴스〉 2018년 7월 18일자.

역시 그랬군. '죽고 싶지만'으로 시작하는 문장을 읽어나가는 독자라면 기대하는 다음 문장(내용)이 있었을 텐데 그것이 '떡볶이는 먹고 싶어' 같은 당황스러운 내용은 아니었을 거다. 앞뒤가 안 맞는 모순적인 내용이기 때문이다.

　재미있는 건 상황은 모순적이지만 '그래, 그렇지' 하고 공감하는 사람이 적지 않다는 것. 독자는 그 느낌이 뭔지 정확히 알고 기억해낸다. 내가 그랬던 것처럼. 역대급 판매고를 올리게 된 데는 다 이유가 있는 거겠지.

사실, 결코 양립할 수 없는 것들이 서로 어깨를 나란히 하는 그 모순적 상황을 독자들은 이미 문학이라는 장르 속에서 꽤 오랜 시간 즐겨왔다. 비교적 근래에 출간된 책 중에서는 정한아 작가의 《친밀한 이방인》이 있다. 그 외에도 독자들은 김호연 작가의 장편소설 《불편한 편의점》과 최은영 작가의 장편소설 《밝은 밤》을 모순적인 제목으로 꼽았다(찾아보면 훨씬 더 많은 작품이 있겠지만).

사전적 의미로 이방인은 "다른 나라에서 온 낯선 사람을 이르는 말"인데 '친밀하다'고 해서 그렇고, 편의점 역시 사전에는 "고객의 편의를 위하여 24시간 문을 여는 잡화점"이라고 나오는데 '불편하다'고 해서 그렇다. 또 밤은 어두운데 '밝다'고 해서 그렇고.

곧 사람들의 관심을 집중시키는 모순의 효과를 제대로 노린 제목들이다. 나라고 다르지 않다. 모순적 효과를 의도하고 제목을 잡은 건 아니었는데 다음 제목도 그런 취지가 담긴 것일지도.

명상을 하지만 가부좌는 하지 않습니다
— 이영실, 〈오마이뉴스〉 2022년 9월 29일자.

이런 제목 어때요?

아래는 시민기자가 직접 쓴 모순적 표현을 담고 있는 제목이다.

수영장에 가지만 수영은 하지 않습니다

— 전미경, 〈오마이뉴스〉 2023년 3월 26일자.

유 퀴즈?

독자의 시선 끌기

텔레비전을 즐겨보지는 않지만 몇몇 예능은 꼭 챙겨보는 편이다. tvN 예능 〈유 퀴즈 온 더 블럭〉이 그중 하나다. 첫 방송부터 마음에 들었다. 원래 방송 콘셉트는 유재석 씨와 조세호 씨가 거리를 돌아다니면서 시민들을 만나 그들의 사는 이야기를 나누고 고민을 들어주는 거였다. 나에게는 그것이 영상으로 보는 (혹은 듣는) '사는 이야기' 같았다. 내가 편집을 담당하고 있는 '사는 이야기'를 검토하면서 느끼는 감정을 이 영상에서도 느낄 수 있었기 때문이다.

코로나 이후에는 주제를 정하고 그에 맞는 게스트를 스튜디오에 초대하는 콘셉트로 바뀌었지만 내용이 크게 달라지진 않았다. 이 방송 덕분에 화제가 되어 만나고 싶었던 사람, 몰랐던 일의 세계, 궁금했던 인물에 대한 속 깊은 이야기를 들을 수 있어 좋았다.

글을 정독하듯 영상을 응시했다. 책이었다면 밑줄 좀 쳤을 것 같은 문장들이 출연자의 음성으로 읊어졌을 때 나는 계속 그 말을 되뇌었다. 잊지 않으려고. 글쓰기에서 인용하면 좋을 문장들이 출연자들의 입에서, 방송 자막으로 차고 넘쳤다. 때론 부러 적기도 했고, 놓친 말들은 블로그나 기사를 찾아가면서 확인하곤 했다.

그러다가 연예뉴스 기사 제목을 유추해보기도 했다. '이 워딩은 제목으로 쓰기 딱 좋겠다' 싶은 것들은 실제 같은 제목으로 기사화되기도 했다. 그게 재밌어서 '이 제목으로 기사가 될까, 안 될까?' 혼자 내기도 해봤다. 혼자 하는 내기가 뭐 그리 재밌을까 싶지만 나름 진지했다.

설명이 다소 길었는데, 내가 이 프로그램에서 정말 몰입해 보는 코너는 따로 있다. 바로 퀴즈 시간이다. 인터뷰 끝에

진행자들이 출연자에게 "퀴즈를 맞히겠냐?"라고 묻고 동의하면 문제를 내는데, 그게 나름 재밌고 짜릿하다. 왜냐고? 맞히면 '현금' 100만 원을 주기 때문이다! 퀴즈를 맞힌 사람들이 현금 100만 원을 받으면서 "진짜 주는 거냐?"라고 묻는데, 방송에서 이 말을 들을 때마다 어찌나 부럽던지.

정답을 맞히지 못해도 출연자들은 '자기백'(상품이 적힌 공들을 모아둔 가방)에서 상품을 하나 고를 수 있는데(이걸 보고 나는 제작진이 참으로 인간적이라 생각했다), 이것도 심장을 쫄깃하게 하는 시간이다. 내가 받는 것도 아닌데!

퀴즈 문제를 들으면서 아는 문제면 "아싸, 맞혔다", 모르는 문제면 "이건 나도 모르겠는걸", 아는 문제인데 기억이 나지 않으면 "아, 이거 뭐였더라? 아는 건데 왜 생각이 안 나니", 비슷하게라도 맞히면 "아, 그래도 맞잖아" 같은 다양한 반응이 튀어나왔다. 이게 뭐라고 손에 힘이 잔뜩 들어가 있는 나를 발견하기도 했다.

그러고 보니, 가끔 독자에게 퀴즈를 내는 형식의 제목을 만날 때 이와 비슷한 감정에 빠지게 되는 것 같다. 가령, 이런 제목을 보게 되었을 때가 그렇다.

달달한 수박은 꼭지가 싱싱해? 시들해?

　나를 콕 집어서 물은 것도 아닌데, 맞힌다고 상금 100만 원을 받을 수 있는 것도 아닌데 어떻게든 맞혀야 할 것 같다. 내 안에서 스멀스멀 도전 의식이 피어오르며 문제를 풀려고 애써 머리를 굴려본다.

　우선 마트에서 수박을 샀을 때의 내 모습을 떠올려본다. 평소 수박을 살 때는 수박 꼭지보다 배꼽같이 생긴 수박 밑동의 크기를 확인하는 편이다. 어느 방송에서 그 크기가 작을수록 잘 익은 거라는 말을 들어서다. 그런데 가만있자, 꼭지라⋯. 꼭지가 싱싱하면 딴 지 얼마 안 된 수박이긴 한데 그것이 당도와 상관있을까? 의심스러웠다. 동시에 수박 꼭지가 시들면 익기는 많이 익은 것이니 이제 막 딴 것보다 단맛은 더 있지 않을까? 합리적인 추론도 해냈다.

　정답은? 같은 당도라도 수분이 적은 것이 더 단맛이 나기 때문에 시든 꼭지를 사는 것이 좋다는 거였다. "아싸, 맞혔다!" 이런 반응을 보이는 사람이 나 하나뿐일 것 같지 않다. 퀴즈를 접했을 때 맞히고 싶은 마음이 드는 사람들 말이다.

　개와 고양이⋯ 밤잠 설치게 하는 반려동물은?

'촌뜨기 소녀'란 뜻의 이 칵테일을 아십니까?

아침 공복에 유산소운동, 좋을까 나쁠까?

기사 제목 가운데 퀴즈형 제목으로 보이는 몇 가지를 추려봤다. 기존에 많이들 알고 있을 법한 사실에 대해 '네가 아는 그거 맞아?' '진짜 제대로 아는 거 맞아?' 하고 의문을 제기해서 독자의 마음을 한 번이라도 흔들어보고 싶을 때 혹은 전혀 뜻밖이거나 몰랐던 사실을 알게 해주려는 의도로 낸 제목임을 알 수 있는 문장이다.

실제 퀴즈를 내는 것은 '집중'의 효과를 준다고 한다(수업 시간에 퀴즈를 자주 내는 것이 그렇지 않은 경우보다 학생들이 집중력 있게 수업을 더 잘 이해했다는 연구 결과가 있단다). 이전 기사에서 '모순'적 표현이 주는 효과도 집중이라고 쓴 바 있는데 여러모로 편집기자는 어떻게든 독자의 관심을 끌어모을 만한 표현을 연구하는 사람들인 듯하다.

나른한 봄날이다. 오는 잠도 확 깨는 그런 제목으로 독자들에게 퀴즈 한번 내보는 건 어떨까? 신문을 펴거나, 잡지를 보거나, 모바일로 기사를 확인할 때 그저 그런 문장들 가운데 퀴즈를 내며 다가오는 제목이 있다면 나라도 시선이 먼저 갈 것 같다(전제는 당연히 그런 내용을 담고 있는 글이어야 한다).

센스 있는 제목

/

패러디

호접란에 관한 글을 보게 되었다. 개업식이나 회사 인사 이동 철이면 자주 보았던 그 서양란. 과습만 주의하면 비교적 저렴한 가격으로 키울 수 있는 난이라고 소개하는 내용이었는데, 때는 코로나 시기로 반려식물을 키우며 위로받는 사람들이 많아지고 있어 시기적으로도 좋은 글감이었다.

이럴 때, 그러니까 일반 대중의 관심거리를 잘 캐치한 글을 검토하게 될 때 나는 욕심이 난다. 제목을 더 잘 뽑고 싶은. 대중의 관심이 많다는 건 조회수에도 영향을 줄 수 있다는 계산이 나오니까. 아, 이놈의 직업병.

제목을 고민하면서 이 글에서 찾은 키워드와 문장들은 이런 것들이었다. "김영란법" "개업·승진 축하 용도" "서양란이 생각보다 비싼 식물은 아니"라는 것. 특히 "사망하는 이유 1위는 과습" 같은 문장. 또 "적당히 무심한"이란 말이나 "죽은 날짜를 받아놓은 것처럼" "엄청난 생명력" "단단한 한 방이 있는 녀석" 같은 것들도 제목으로 써먹을 만한 표현으로 보였다.

제목에 호접란이라고 밝힐까? 아니, 빼자. '호접란에 대한 내용인가 보군' 하고 일단 거르고 볼 독자가 많을 것 같아서다. 그래서 "개업·승진 축하 용도"라는 힌트만 주기로 했다. "개업·승진에 빠지지 않는 이 식물…" 이렇게. 그런데 그다음에는 뭘 넣지? 고민스러웠다. 머릿속이 드럼 세탁기 속 통처럼 돌아가기 시작한다. 최적의 조합을 찾아내려는 머리싸움. 그때 "사망하는 이유 1위는 과습"이라는 문장이 생각났다. 그래서 이렇게 연결시켜보았다.

개업·승진에 빠지지 않는 이 식물이 죽는 이유 1위

그런데 아무리 소리 내 읽어봐도 입에 착 붙지 않았다. 어쩐다 싶을 때 생각난 게 〈오징어 게임〉의 대사였다. 우리집 둘째가 매일 흥얼거리는 "이러다 다 죽어"라는 그 유행어! 드라마 흥행과 함께 모르는 사람이 없다고 해도 과언이 아닌 그 말을 접목해 패러디하면 재밌겠다 싶었다. 그래서 만들어진 문장이 "개업·승진에 빠지지 않는 이 식물… 이러면 다 죽어"다.

재미와 의미를 동시에 거둘 수 있는 패러디는 '특정 작품의 소재나 작가의 문체를 흉내 내어 익살스럽게 표현하는 것'으로, 드라마나 영화의 제목이나 장면, 화제가 되는 인물의 말 혹은 뉴스 등을 활용해서 제목을 지을 때 요긴한 수법이다. 물론 타인의 저작물을 바탕으로 패러디할 경우에는 저작권 문제도 염두에 두어야 한다. 화폐 도안으로 논란이 된 '십 원 빵' 사례가 그렇다. 패러디를 했더라도 창작성을 나타내지 못하면 성공한 패러디로 보기 어렵다.

얼마 전 대통령이 참가한 카이스트 학위수여식에서 한 졸업생이 "부자감세 중단하고 연구개발 예산을 복원하라"라는 요구를 공개적으로 해 경호원들에게 '입틀막'을 당한 채 끌려가 논란이 된 일이 있었다. 그걸 패러디한 제목이 "대통령이 국가인권위에 제소되어으윽윽"이다. 이를 본 독자가 "기자님, 기사 제목 센스 있다.ㅋㅋㅋ 으으읍(입틀막)"이라는 댓글을 달기도 했다.

패러디 하면 유독 생각나는 제목이 있다. 2021년 2월 28일자 〈한겨레〉에 보도된 "님아, 그 패딩을 넣지 마오… 내일부터 비 100mm, 폭설 50cm"라는 제목의 기사다. 그저 날씨 기사일 뿐인데 당시 댓글이 폭발적이었다. 대부분 악플이 가득한 포털 댓글에 1급수 댓글이 줄줄이 달려 화제가 되었다.

제목 너무 귀여워서 기사 읽으러 들어옴.ㅋㅋㅋ

제목 센스가 기가 막히네요.

제목 보고 들어왔습니다.

센스 있는 기사 제목 아주 좋네요. 유쾌해졌어요.

아시는 분은 알겠지만 "님아, 그 패딩을 넣지 마오"라는 문장은 다큐멘터리 영화 〈님아, 그 강을 건너지 마오〉(2014)를 패러디한 것이다. 이 제목을 누가 지었을까. 궁금했다.

알고 보니 '디지털 기사의 제목을 쓰고, 사진을 고르고, 기사를 배치하고, 트위터·페이스북 공식 계정을 운영하는' 〈한겨레〉 디지털뉴스팀의 석진희 씨였다. 어떻게 알았냐고? 〈한겨레〉 토요판 '친절한 기자들' 코너에 그의 글이 실려서다.

그 글의 제목도 귀엽고 재밌다. "제목 너무 귀여워서 기사 읽으러 들어옴ㅋㅋㅋ"이다. 결코 평범하지 않은 제목으로, 다소 평범해 보이는 날씨 기사가 수십만 조회수가 나오게 된 이야기를 담았다. 에디터가 기사를 쓰는 게 흔한 일은 아니라서 더 기억에 남은 글이었다.

당시 취재 부서에서 제안한 제목은 "1~2일 수도권 최대 100mm 비, 강원영동 최대 50cm 폭설"이었다. 딱 봐도 참 드라이한, 사실 전달에 충실한 제목이다. 그런데 석씨는 다소 평범해 보이는 이 날씨 예보 기사에서 평범하지 않은 몇 가지 포인트를 잡아낸다. 그건 '반전 날씨'였다. 석씨는 (지난 1월 폭설에 이어) "또 한번 방심할 수 없는 추위와 폭설이 이 뉴스의 핵심"이라고 봤는데, 그렇게만 전달하고 싶진 않았다고.

"3분의 두뇌 풀가동 끝에 '님아' 두 글자가 떠올랐"고, 〈님아, 그 강을 건너지 마오〉라는 제목을 패러디해볼 수 있겠다 싶었단다. "초봄 온기에 패딩을 넣을까 말까 고민했을 많은 이의 '같은 마음'을 모서리 삼아, 거기를 딱 움켜쥐었습니다"라고 제목을 짓기까지의 고민을 전했다.

이 기사 말미에 석진희 씨는 말한다. "단신에 가까운 기사 하나도 차별화를 주고 싶은 정성 그리고 그 정성을 독자들도 알아본다"라고.

그 정성을 알아보는 독자보다 그렇지 않은 독자가 훨씬 많다는 걸 그도 모르지 않을 거다. 그럼에도 그가 이렇게 말하는 건 어쩌면 자기 암시 같은 것일지도. 제목을 기억해주는 일은 그렇게 많지 않고 대부분은 그냥 휘발되고 말지만 그렇다고 내가 하는 일까지 그렇게 아무것도 아닌 일로 치부하고 싶지는 않으니까.

내가 나를 존중해야 상대방도 나를 존중하듯, 내가 내 일을 존중하고 아껴야 상대방도 내 일을 존중한다는 마음으로 한 올 한 올 정성을 다해 문장을 꿰었으리라. 그와 '같은 마음'을 나도 한번 꽉 움켜쥐어보았다.

이름과 제목

궁금함 건드리기

《고요한 우연》《우리의 정원》《독고솜에게 반하면》《완벽이 온다》는 최근 출간된 청소년 소설책 제목이다. 여기서 퀴즈를 하나 내볼까? 이 제목의 공통점은? 그건 바로바로, 책 속인물의 이름이 제목에 들어 있다는 거다. 고요가 그렇고, 우연이 그렇다. 정원이도, 독고솜도, 완벽이도 책 속 등장인물이다.

이 중에서도《고요한 우연》과《우리의 정원》은 독자를 절묘하게 속인 제목이라는 생각이 들었다. 고요, 우연, 정원은 각소설을 끌고 나가는 주인공 이름이다. 알고 보는 것과 모르고보는 것은 다르겠지.

한 번은 우연인데 우연이 반복되면 '뭔가 있다' 싶은 게 사람 마음이다. 출판계에 묻고 싶다. 제목에 이름 넣으면 책이 좀더 팔립니까? 내가 그럴지도 모르겠다고 생각한 것은 나 역시 제목에 이름을 넣을 때가 종종 있기 때문이다.

유명인의 이름

정치 기사 제목은 정치인의 이름과 그의 말을 직접 인용하는 스타일이 많다. 가령 이재명 "_____", 윤석열 "_____" 같은 워딩을 직접 인용한 스타일의 제목은 아마 질리도록 봤을 거다. 선거철에는 더 많다. 따라서 이런 정치 기사 제목이 지겹다는 말도 나온다. 하지만 정치 기사와는 상관없는 사는 이야기나 문화, 책, 여행 글을 편집하는 나도 더러 이름을 넣어 제목을 짓는다.

가장 많이 쓰는 이름은 방송인, 연예인을 비롯한 유명인들. 슈퍼스타 이효리(언제적 이효리냐 싶은 이들도 있겠지만 나에게는 '아직도' 슈퍼스타다)는 시청률만 보장하는 게 아니었다. 제목에 이효리를 넣을 때 사람들이 더 많은 관심을 보인다는 걸 경험치로 알게 되었다(물론 글 안에 이효리 관련 언급이 있을 경우에 그렇다, 없는 내용을 제목에 붙이진 않는다).

"불타오르지 않는다"는 이효리, 너무X100 공감했다

이효리가 증명한 개들의 능력, 이거 알면 못 먹습니다

연예인 이름 석 자가 들어가면 뭔가 분위기가 달랐다. 이슈가 될 때는 더 그렇다. 화제가 되는 방송이나 뉴스에 오른 유명인의 이름을 제목에 넣어주면 독자들은 반응했다. '뭔가 새로운 이야기가 있나?' 궁금한 마음에 한 번이라도 더 클릭해보게 된다.

사람들이 지금 가장 궁금해하는 인물 이름을 제목에 넣는 것, 뉴스 제목에서 가장 많이 볼 수 있는 스타일이다. 연예인만이 아니다. 몇 년 전 촛불집회가 한창이었던 무렵에는 국민이 신뢰하는 언론인 1위 앵커 손석희를 제목에 넣어도 조회수가 꽤 높았다.

당시 그의 이름을 제목에 넣을 때마다 나는 속으로 소심하게 혼잣말을 했다. '또 한번 잘 부탁드리겠습니다'라고. 예상대로 조회수가 잘 나온 날이면 또 인사했다. '덕분에 조회수가 꽤 나왔습니다. 감사합니다'라고. "오늘 하루도 최선을 다했다"는 그의 뉴스 클로징 멘트처럼 나도 최선을 다하기 위해 그의 이름을 제목에 썼다고 변명 아닌 변명을 하면서. 들릴 리 없는 말을 미안함과 감사함을 담아 했더랬다. 감사한 마음이야 당연히 이름 석 자가 조회수에 미치는 영향 때문이었고, 미안한 마음이 든 건 자신의 이름이 뉴스 제목으로 자꾸 거론되는 게 당사자 입장에서 좋기만 할까 싶어서였다. 방송국 사람들, 기자들 생리야 워낙 많이 아는 분이니 그러려니 할 수도 있겠지만(이해하는 것까지는 모르겠다) 좋은 일로 자꾸 불리는 것도 쑥스럽고, 안 좋은 일로 불리는 것도 스트레스일 것 같았다. 그저 방송인이라는 이유로 말이다.

물론 아무 데다 이효리나 손석희를 넣은 것은 아니었다. 너무 많이 쓰면 독이 되기에 꼭 필요할 때만, 본문에서 언급될 때만 썼다. 상관도 없는 글에 자신의 이름이 거론된다면 당사자 입장에서는 꽤 억울할 테니 조심하려고 애썼다.

일반인의 이름

가끔 유명인이 아닌 일반인의 이름을 제목에 넣은 글을 발견할 때가 있다. '그게 읽히나?' '이게 읽힐까?' 의심했다. 편집기자라서 의심하는 건가 싶었는데 다른 일을 하는 사람도 그렇다는 걸 알게 되었다. 《책방과 유재필》을 쓴 저자 유재필 씨 이야기다. 그는 "참 제목하고는"이라며 서문을 열었다. "몇 년 만의 신간인데 어쩌자고 제목을 이따위로 지었나 싶다"라고. 그의 속마음을 더 들어보자.

책 제목을 고민하면서 아내에게 "이번 책은《책방과 유재필》로 생각하고 있어"라고 말했더니, "책 팔 생각은 없구나?"라는 대답이 돌아왔다.

낄낄낄. 누구도 해줄 수 없는, 아내라서 가능한 그런 한 방. 언젠가 나도 그러지 않았을까? "이 사람 이름을 누가 안다고 제목에 넣어? 이런 이름 넣어서 몇 명이나 보겠어"라고.

독자들이 처음 듣는, 생판 모르는 사람의 이름을 제목에 넣으면 관심을 끌지 못할 거라고 생각했다. 그런데 참 이상하지. 그저 우연이겠지만 구글 알고리즘이 이름을 넣은 제목에 반응하면서부터는 생각이 좀 달라졌다.

3000평의 정원을 가진 여자 최미숙

재즈 싱잉 좀 하는 60대 언니, 박영순

일반인의 이름이 들어간 제목, '이게 읽히네?' 싶어서 확인해보면 구글에서 픽한 기사였다. 인공지능이 인간의 이름을 좋아하나? 한번은 이런 일도 있었다. 선배가 제목을 "오! 마이 캡틴 양영아 선생님, 존경하고 사랑합니다"라고 바꿔둔 거다. 솔직히 '이 사람 이름을 누가 안다고 제목에 넣지?'라고 생각했다. 나라면 이름을 넣지 않았을 거다. 게다가 시의성 있는 제목도 아니었다. 스승의 날 즈음에 들어온 글이 아니었으니까. 그런데 왜 선배는 이름을 넣었을까. 이 글의 마지막 문장은 "존경하고 사랑합니다. 오! 캡틴, 마이 캡틴"으로 끝난다. 아마도 이 문장에서 제목을 착안했을 거다.

"오! 캡틴, 마이 캡틴"에서 영화 〈죽은 시인의 사회〉를 떠올릴 독자가 있을 거라고 판단했겠지. 그런 독자라면 글쓴이와 같은 시절을 보낸 동년배일 가능성이 높다. 이름보다 "오! 캡틴, 마이 캡틴"에서 연상되는 영화, 그 속에서 참 스승이 떠오를 거라는 걸 노린 제목일지도 모르겠다.

추억을 불러일으키는 제목이라 그랬을까? 내 예상과는 전혀 다르게(!) 포털에서 읽히더라. 설마 양영아 선생님을 기억하는 제자들이 엄청나게 많이 공유한 결과는 아니…겠지?

눈길이 가는 이름

제목이 될 수 없다고 생각한 무엇이 그렇지 않을 때도 생기더라는 걸 알게 된 경험이었다. 그러고 보면 세상에는 그냥 지나치지 못하는 이름도 있는 것 같다. 학창 시절 선생님, 직장 사수, '처음'과 관련된 시절 인연 등등. 나도 그렇다. 〈조인성을 좋아하세요〉 같은 제목은 도저히 그냥 지나치지 못한다 (내가 유일하게 가장 오래 좋아하는 배우다). 배우 배두나의 초기작품 〈봄날의 곰을 좋아하세요?〉가 생각나는 이 영화는 2018년 12회 '대단한 단편영화제'에서 '대단한 관객상 – 작품상'과 '대단한 관객상 – 제목상'을 수상한 정가영 감독(이자 주연)의 러닝타임 19분짜리 드라마다.

조인성을 캐스팅하고 싶지만 아직 시나리오는 없는 감독의 이야기. 조인성 이야기인가 싶지만, 조인성의 이름을 팔아(?) '되든 안 되든 시도해보는 게 중요한 거'라는 메시지를 전하는 드라마. 결국 조인성과 영화는 찍지 못했지만, 조인성과 전화 통화라도 해본 감독이 된 정가영의 이야기다.

'감독님이 찢었다'는 평가를 듣는 데 제목 덕을 조금은 봤을 거라는 데 500원 건다. 제목상 수상은 당연한 결과인 듯. 뒤늦게나마 감독의 제목상 수상을 축하한다. 다음 영화 제목도 기대하겠다… 라고 마지막 문장을 쓰고 혹시나 싶어 찾아봤는데, 어머나.

이미 감독은 〈너와 극장에서〉(2018), 〈밤치기〉(2018), 〈하트〉(2020), 〈연애 빠진 로맨스〉(2021), 〈25년 사귄 커플〉(2021)

까지 차곡차곡 필모그래피를 쌓아가고 있었다. 〈연애 빠진 로맨스〉는 무려 손석구가 출연…. 그와중에 〈25년 사귄 커플〉은 왜 자꾸만 궁금해지는 건지. 제목 잘 지었네.

실감 나고 재미있는 제목

의성어·의태어 사용하기

　　대구 여행에서 있었던 일이다. 옷가게 앞을 지나가다가 멈칫했다. 대구답게 5월 치곤 이른 더위를 실감한 날이었는데 쇼윈도에 걸린 옷이 겨울 의상이었기 때문이다. 장사를 안 하는 곳인가 싶어 살펴보니 그도 아닌 것 같았다. 이러면 누가 들어와서 옷을 사려고 할까.

　　제목도 마찬가지라고 본다. 누가 들어오든가 말든가 신경 쓰지 않고 뽑는 제목의 글을 누가 보려고 하겠나. 쉬운 내용은 재미있게, 평범한 내용은 새롭게, 어려운 내용은 쉽게. 어떻게 든 눈길을 끄는 제목을 뽑아야 하는 게 편집기자의 숙명. 내가 독자 입장이라도 흥미를 돋우는 제목에 눈길과 시간을 줄 것 같다. 모든 독자를 만족시킬 수는 없지만(그러면 대단히 좋겠지만) 적어도 타깃한 독자만이라도 들어와서 봤으면 하는 게 제목 뽑는 일을 하는 사람의 솔직한 심정이다.

제목을 첫인상에 비유하기도 하는데 다른 글도 그렇지만 여행기는 특히 첫인상이 신경 쓰이는 글이다. 글과 사진이 좋은 여행기를 만나면 제목 고민은 더 깊어진다. 잘 알리고 싶어서다. 이때 나는 오감을 살려 제목을 짓는다. 글의 한 대목을 뽑아 쓰기도 하고, 사진에 있는 장면을 포착하기도 한다. 글이나 사진에는 없는 이야기를 제목으로 만들어 쓰기도 한다.

오감을 끌어올려

아이가 초등학교 저학년 때였던가, 국어 숙제인데 무슨 말인지 모르겠다고 내민 문제가 있었다. 나 역시 이게 무슨 말일까 싶어 한참을 고민했던 문제. 정확한 예시문은 아니지만 대강 이런 내용이었다. 다들 한번 풀어보시라.

으르렁으르렁 [   ] 말은 재밌습니다.
토끼가 깡충깡충 곁으로 뛰어왔습니다. [   ] 말은 실감이 납니다.

뚫어지게 지문을 응시하다가 내가 빈칸에 채워넣은 말은 "반복되는"과 "흉내 내는"이었다. 아이에게 혹시 수업 시간에 이런 말을 들어본 적이 있냐고 물으니 그런 것 같단다. 정답은? 딩동댕. 교과서를 보니 반복되는 말, 흉내 내는 말, 실감 나는 말 등에 대해 나와 있었다. 반복되는 말이나 흉내 내는 말은 주로 의성어나 의태어이기 때문에 관련 내용을 더 찾아봤다.

의성어는 "사람이나 사물의 소리를 흉내 낸 말이에요. 말을 하거나 글을 쓸 때 의성어나 의태어를 사용하면 더욱 재미있고 실감 나게 표현할 수 있어요. 의성어는 '야옹야옹'처럼 반복되는 리듬을 가지고 있어서 말의 재미를 살려 쓸 수 있답니다"라고 한다(네이버,《초등 전과목 어휘력 사전》).

의태어는 "사람이나 사물의 모양이나 움직임을 흉내 낸 말입니다. 의태어를 사용하면 내용을 더 실감 나고 재미있게 표현할 수 있습니다"였다(네이버,《천재학습백과 초등 국어 용어 사전》).

의성어나 의태어 둘 다 '실감 나고 재미있게' 쓸 수 있는 말이라는 공통점이 보인다. 그러니 글에 여러 가지의 의성어나 의태어가 있을 때는 그냥 흘려 읽지 말자. 제목으로 뽑았을 때 실감 나고 재미있을 수 있으니까. 글을 쓸 때도 마찬가지다

(물론 이유 없이 본문에 넣으라는 말은 아니다). 아래 예시 제목을 보자.

1. 따깍, 코왈 코왈, 포그르르… 입으로 먹는 술이 아니었네
2. 타타타타… 사진 작가들 셔터 소리 빨라지는 곳

1번은 '기분에 따라 골라 먹는 편의점 캔맥주'에 대한 글이었다. 글을 읽는데 마치 먹방 ASMR을 듣고 있는 기분이었다. '맥주 한 잔을 따르는 소리가 이렇게나 다양했나?' 맥주를 귀로 마신다고 해도 이상할 것 같지 않았다. 당장이라도 맥주 한 잔을 먹고 싶어졌으니까. 그렇게 맥주 따르는 소리를 적어 표현한 의성어를 제목으로 뽑아 썼다.

2번은 코로나 시대의 히든 스팟 충남 태안 운여해변에 대한 소개 글이었다. "출사를 나온 사진작가들 사이에선 유명한 곳"이란 대목을 부각시키려고 본문에 없는 의성어지만 "타타타타"라는 카메라 셔터 소리를 끄집어내 제목에 넣었다. 나는 "타타타타"라고 했지만, 누군가는 "차라라락"이라고 흉내 낼 수도 있겠다.

'사물을 눈으로 보고, 귀로 듣고, 입으로 맛보고, 코로 냄새 맡고, 손으로 만지듯이 생생하게 표현한 것'을 감각적 표현

이런 제목 어때요?

이라고 하는데(역시 초등학교 교과서에 나온다), 오감을 동원해서 표현한 내용을 제목에서 보여주거나 들려주면 새롭고 재미있다. 독자를 자극시키기도 한다. 또 표현을 반복하는 것은 강조의 효과도 있다.

사진을 뚫어지게 보면

본문에서 제목으로 쓸 만한 표현이 없다면 사진으로 시선을 돌려보자. 의외로 제목이 매직아이(입체화 영상 그림)처럼 보일지 모른다. 실제 나는 그럴 때가 많았다. 이 제목을 한번 보자. 원래 제목은 아래 문장이었다.

올봄 철의 도시 포항을 뜨겁게 달굴 노란 물결, 여기 어디야?

호미반도 경관농업단지 유채꽃밭을 소개하는 기사였는데 사진이 장관이었다. 노랑과 파랑의 선명한 대비. 말 그대로 '하늘은 파랗고 땅은 노랗고…' 지금 포항에 가야만 할 것 같았다. 꽃은 금세 져버리니까. 그 마음을 담아 그대로 썼다.

하늘은 파랗고 땅은 노랗고… 지금 포항에 가야할 이유

"노랑과 분홍의 어울림, 삼척 유채꽃밭"이라는 제목으로 들어온 글도 있었다. 삼척시 맹방유채꽃 마을을 소개하는 글이었는데 글쓴이도 제목에서 이곳의 색을 강조해 드러내고 싶었던 듯하다.

나는 바닷가 마을이니 바다까지 더 보여주고 싶었다. 드론으로 찍은 첫 사진이 워낙 인상적이었기 때문이다. 그래서 나온 제목은 아래와 같다.

벚꽃과 유채꽃, 여기에 바다까지… 황홀한 삼색

독자에게 잘 수신되기를 바라는 마음

이렇게 쓰고 보니 제목 뽑는 일은 하나의 생각만으로는 절대 이뤄질 수 없고, 동시다발적으로 일어나는 몇 가지의 생각이 선택이라는 단계를 거쳐 한 문장으로 압축되는 일인 듯하다. 그 순간을 잘 캐치해야 완성도 있는 제목이 창조되는 것이겠고.

'제목을 다는 것', 그것 역시 넓은 의미에서 짧은 글쓰기로 볼 수 있다면, 우치다 다쓰루의 책《어떤 글이 살아남는가》의 이 대목은 참고할 만하다. 글 쓰는 일만이 아니라 제목을 짓는

이런 제목 어때요?

일에서도 필요한 자세라고 생각되어서다.

언어가 지닌 창조성은 독자에게 간청하는 강도와 비례합니다. 얼마나 절실하게 독자에게 언어가 전해지기를 바라는지, 그 바람의 강도가 언어 표현의 창조를 추동합니다.

우치다 다쓰루 선생은 글쓰기에 꼭 필요한 것이 '독자에 대한 경의의 자세'라고 했다. 그가 말하는 경의의 자세란 '부탁입니다. 내가 하고 싶은 말을 들어주세요'다. 글을 쓰는 사람만이 아니라 제목을 고민하는 나도 그렇다. 내가 지은 제목으로 글쓴이의 글이 독자에게 잘 수신되기를 바라는 마음. 제목에 대해 이보다 더 적합한 풀이가 또 있을까.

끌리는 섬네일

37만여 조회의 비결

제목은 범위가 정해진 문장이다. 글 내용 안에서만 허락
되는 문장이다. 그러나 가끔은 글에서 제목을 뽑지 않을 때도
있다. 언제일까? 사진이 말을 걸 때다. 그때는 섬네일을 염두
에 두고 제목을 뽑는다. 아래 글의 제목을 뽑을 때 '섬네일'의
재미를 톡톡히 봤다.

제목을 뛰어넘는 섬네일

원래 제목은 "아! 달성達城, 그 토성 둘레 '숲길'을 걷다"였
다. 부제는 대구 달성공원의 숨은 숲길 "토성 둘레길"이었고.

장소를 소개하는 정보성 글이었다. 그런데 나는 이 글에서 첫 사진에 마음을 빼앗겼다. '대구에 이런 데가 있다고?' 깜짝 놀랐다.

학창 시절 한국지리 시간에 배운 대구와는 다른 이미지였다. 대구는 분지 지형으로 여름에 가장 더운 곳이라던데 이렇게 예쁜 숲이 있다니? 경기도에서 나고 자라 대구에 가본 적이라곤 최근 몇 년 두어 번이 전부인지라 전혀 몰랐다. 사진만 보면 영국이나 캐나다, 미국의 어딘가에 있을 법한 그런 공원 같았다. 이런 곳이 대구에 있다니. 그래서 내 진심을 담아 제목을 이렇게 고쳤다. "대구에 이런 곳이? 입이 다물어지지 않았다"라고. 그리고 하늘 위에서 찍은 사진을 섬네일로 만들었다. 제목이 아니라 섬네일만 봐도 거기가 어딘지 궁금할 비주얼이었기 때문이다. 나 같은 사람들이 많았나 보다. 37만여 조회에 제목을 뽑은 나도 어리둥절했던 기억이 난다.

구글을 비롯한 포털의 알고리즘은 여전히 잘 모르겠지만 지역과 관련한 기사인데 이른바 '대박이 났다'는 글들을 보면 내용이 특별해서 그런 것 같지는 않았다. 그보다는 심플하게 '지역'이라는 특수성이 더 크게 작용한 것처럼 보였다. 이 기사가 많이 읽힌 것도 대구라는 지역과 섬네일이 먹힌 게 아닐까 하는 나름의 추측을 해볼 따름이다.

　　　　　　　　　　이런 제목 어때요?

제목에서 지역을 구체적으로 밝혀주는 게 더 잘 읽힐지도 모른다는 건 팀원들과 제목 스터디를 할 때도 나왔던 이야기다. 그래서 서울보다는 중랑천, 홍제천, 상수동, 연남동이라고 구체적으로 제목에서 밝히려 했다. 적어도 그 동네에 관심 있는 사람이라면 한 번은 눈여겨볼 테니까.

제목 한 줄보다 하나의 사진이 다 말해주는 경우에는 섬네일을 고려해 제목을 뽑기도 한다. 이때 부작용이 있다면 섬네일이 바뀌는 경우 제목을 다시 뽑아야 한다는 것. 반대로 제목을 다시 뽑으면서 섬네일을 바꾸는 경우도 있다.

섬네일 하면 잊히지 않는 사건이 하나 있다. 2018년 4월 27일 남북정상회담이 이뤄진 그날을 생각하면 지금도 슬며시 미소가 지어진다. 편집기자로 일하는 동안 몇 가지 역사적인 순간이 있었는데 다섯 손가락 안에 꼽을 정도의 일이었달까.

당시 본부장이 판문점에서 김정은 북한 국무위원장과 문재인 대통령이 악수하는 섬네일에 얹을 제목을 공개 모집했는데 그때 내가 제안한 안이 반영되었던 것. 거의 날 듯이 기뻤는데 어느 정도로 좋았는지 지금도 정확히 복기할 수 있다. 왜냐하면 그날의 내가 오늘 이 글을 쓸 것을 미리 알았다는 듯 SNS에 '역사적 순간'이라는 제목으로 기록해두었기 때문이다.

순간순간 문득문득 저릿저릿했던 날. 특히 내가 제안했던 "오늘부터 1일" 이게 진짜 이날, 이 순간에 기록될 줄이야… 폴짝 뛸 뻔. 너무 잘 어울리잖아. 놓치기 너무 아까운 순간이라 오늘이 가기 전에 기록. 기록만이 남으니까.

2024년 지금의 남북관계를 생각하면 6년 전에 저랬던 시절이 진짜 있었나 싶지만, 그때의 분위기는 정말이지 약간 과장해서 '통일이 눈앞에 보일 것 같았다'라고 해도 무리가 아니었다. 기사에 딸린 다른 기사 제목만 봐도 그날의 분위기가 느껴진다. 이런 분위기 탓에 정치 기사와는 어울리지 않을 법한 "오늘부터 1일"이라는 다소 튀는 문장을 제목으로 쓸 용기를 낼 수 있었겠지.

사진 보고 한 문장 짓기

섬네일과 제목이 자연스럽게 연결된 제목은 기억에도 잘 남는다. SBS 금토드라마 〈날아라 개천용〉에 출연했던 배우 배성우가 음주운전 사건으로 하차하고 배우 정우성이 급하게 드라마에 투입되었던 적이 있는데, 그때 인상적이었던 기사 제목이 바로 "배성우 대신 정우성"이었다. 사진과 이름만으로도 충분히 잘 설명되는 그런 제목이다.

이런 제목 어때요?

이렇게 제목을 뽑는 방법은 플랫폼에 맞게 활용이 가능하다. 블로그는 섬네일을 지정할 수 있으니 사진에 맞는 제목 뽑기를 실험해볼 수 있고, 인스타그램을 할 때 제목을 따로 쓰는 경우는 별로 없지만 제목을 대신해 첫 사진에 어울리는 첫 문장을 센스 있게 쓰면 주목도가 훨씬 높아진다. 다음 문장을 읽고 싶게 만들기 때문이다. 첫 사진에 제목을 대신한 한 줄 문장을 뽑아 넣는 것도 팁이라면 팁.

섬네일이나 사진을 염두에 두고 뽑는 제목이라면 당연히 사진 기사나 포토 에세이를 언급하지 않을 수 없다. 제목을 잘 뽑는 훈련을 하고 싶다면 사진을 보면서 문장을 지어보는 것도 꽤 괜찮다. 내가 뽑은 것과 남이 뽑은 걸 비교해보는 재미도 있고(나만 그럴 리 없다).

시와 제목

/

시인 흉내 내기

시집을 읽어야겠다고 벼른 적이 있다. 갑자기 웬 시? 문학적 관심 때문은 아니었다. 필요에 의해서였다. 솔직히 말하면 제목을 잘 뽑는 데 도움이 되지 않을까 싶어서 그랬다.

마음에 남는 시인의 한 줄이 꽤나 멋져 보였다. 짧고 압축적인 문장, 곰곰이 숨은 의미를 생각하게 하는 시 한 줄이 어찌나 있어 보이던지. 그런 폼 나는 제목을 짓고 싶었다. 그래서 시집에 관심이 갔다. 시적인 제목에 대한 로망 때문에.

얄팍한 마음이었음을 고백한다. 시인도 아니고, 시인을 꿈꾸지도 않으면서 시인의 문장을 흉내 내려 하다니.

일일이 나열하긴 어렵지만 한때 유명 시를 패러디해 지은 제목이 꽤 있었다. 최영미 시인의 〈서른, 잔치는 끝났다〉가 대표적이다. 얼마 전 물리학자 김상욱은 《하늘과 바람과 별과 인간》이라는 책도 냈더라. 보자마자 윤동주의 시 〈하늘과 바람과 별과 시〉가 연상되는 게 나만은 아닐 터.

잘 알려진 시나 화제가 된 시가 대상이 되곤 했는데, 요즘은 그런 경향을 찾아보기 힘들다. 책도, 시도 읽지 않는 시대라서 그런가. 시집 몇 권 읽고 시인처럼 쓸 수는 없었지만 시적인 제목을 뽑는 재미는 있었다. 그렇다면 나는 그간 어떤 시를 제목에 써먹었을까. 찾아보니 이런 것들이 눈에 띄었다.

사랑을 잃고 나는 쓰네(기형도, 〈빈집〉)
 ― 꽉 찬 냉장고… 통장 잔고를 잃고 살을 얻었네

오래 보아야 예쁘다 너도 그렇다(나태주, 〈풀꽃〉)
 ― 조금 떨어져 보아야 안다, 아이도 그렇다

가난하다고 해서 외로움을 모르겠는가(신경림, 〈가난한 사랑 노

래〉〉

　— 워킹맘이라고 해서 사랑을 모르겠는가

　지금 10~20대들은 잘 모르겠지만 40대 이상은 알 만한 시들이다. 유명 시의 문장을 약간 비슷한 문장으로 바꿔 단 경우다. 혼자만 몇 번 '근사하다'고 생각했던 시인의 문장 따라 하기는 오래가지 않았다. 뉴스 제목으로 시적인 표현은 독자의 시선을 끄는 문장이 아니라는 걸 자주 확인했기 때문이다. 한 마디로 생각보다 조회수가 안 나왔다. 독자들은 상징이나 은유보다 드러내놓고 말해주는 제목을 더 선호했다. 떠먹여 주는 걸 좋아했다. "실망스러운 놀면 뭐하니, 나영석에게 배워라" "삼척 사는 중학생인데요, 등굣길이 이모양입니다" "몇 학번이냐고요? 대학 나온 사람만 보십시오" 같은 사례에서 보듯 직관적인 제목들은 조회수 올라가는 속도부터 달랐다. 새로고침을 하기 무섭게 숫자가 확확 늘었다.

━━━━━━━━━━━━━━━━━━━━━━━━ **시와 제목**

　생각해보면 시와 제목은 비슷한 구석이 많다. 간결하고 압축적이다. 박연준 시인의 말처럼 시가 "생략에 능하고 설명이라면 질색을 하는 장르"라면 제목도 그렇다.

그런데 제목에 시적인 언어를 사용하는 것을 독자는 그다지 좋아하지 않는 듯했다. 무슨 의미인지 한 번 더 생각하게 하는 암시적 제목은 자주 독자의 외면을 받았다. 요즘으로 치면 분식집 떡볶이 같은 존재랄까. 마라탕에 길든 아이들이 잘 찾지 않는.

물론, 100% 그렇다는 말은 아니다. "시아버지에게 올리는 믹스커피 한 잔", 이 제목이 시적인가에 대한 생각은 다를 수 있겠지만, 어쨌든 이 글이 포털에서 믿을 수 없는 조회수를 기록했던 적도 있으니까.

더러 독자의 외면을 받아도 자연스럽게 문장이 떠오르는 시적인 제목이 있다면 쓰지 않을 이유가 없다. 사람 마음을 은근하게 울리는 문장이 좋아서. 시도해볼 만한 글이 있다면, 글에 어울린다면, 맞는 감성이라면 일단 제목을 달고 본다.

그뿐 아니라 누군가 공들였을 시적인 제목을 발견하면, 그런 감성의 제목이 눈에 띄면, 뭐랄까, 오랜만에 내면이 '딴딴한' 사람을 마주한 것처럼 반갑다. "살아 있는 한 걷고, 걷는 한 살아 있다"라는 제목을 봤을 때도 그랬다. 산책에 대한 글을 이렇게 근사하게 한 문장으로 뽑아내다니. 한 줄의 시 같았다. 덥석 외우고 싶은 마음이 일었다. 자꾸 입으로 소리 내어 되뇌었다.

"시는 소리 내어 읽을 때 자기 모습을 보여준다"라고 박연준 시인이 말했듯 제목도 그런 게 있다. 소리 내어 읽으면 더 좋은 제목으로 다가오는. 시적인 제목이 특히 그랬다. 그러니 시적인 제목도 외면하지 마시고 한번 소리 내어 읽어주시라. 말하기 전과 후의 느낌은 분명 다를 테니.

놀라는 제목

시인의 눈으로 다르게 보기

SNS에서 보게 된 사연 하나. 《아무튼, 사전》이라는 책을 본 독자가 그 책을 출간한 대표에게 메시지를 보냈단다(서로 아는 사이인 듯). "이렇게 멋진 중제(아마도 부제를 말한 것 같음)는 어떻게 뽑아요?"라고. 그랬더니 돌아온 말.

"원고에 있는 말이에요.ㅎㅎㅎ"

나도 이와 비슷한 말을 종종 했더랬다. "제목 좋다"는 칭찬에 별달리 할 말이 없을 때. 그 문장은 내가 지은 게 아니고 본문에 있는 내용으로 뽑은 게 사실이니까. 이 독자가 '멋지다'라고 한 문장은 "우리에겐 더 많은 단어가 필요하다"였다. 《아무튼, 사전》에 잘 어울리는 부제 같았다.

그런데 글 안에서 제목으로 쓸 만한, 적절한 문장을 찾으려고 아무리 용을 써도 그림자 한 조각 보이지 않을 때가 있다. 그럴 때는 '조금 떨어져서' 보는 게 도움이 된다. '조금 떨어져서' 보는 게 어느 정도냐 물으면, 미안하다, 나도 정확히 몇 미터쯤 된다고 말은 못하겠다.

모니터에서 두어 걸음 정도 거리를 두고 보면 되려나?(라고 쓰지만 그러면 글자가 안 보이는 게 현실이다.) 그러나 염려 마시라. 내 말은 물리적 거리가 아니니까. 그보다는 글에서 중요하다고 생각하는 것에서 벗어나는 일에 가깝다. 때론 곁가지를 보는 것도 필요하다는 이야기를 하려는 것이다.

'이 글에서 중요한 건 이 부분이야, 제목은 꼭 여기서 뽑아야 해'라는 강박이 생겨버리면 그것만 생각하게 된다. 매몰되어 시야가 좁아질 수 있다. 그렇게 억지로 뽑은 제목은 아쉽게도 재미가 떨어진다. 한 발짝 떨어져 고민하다 보면 '응? 이런 제목도 괜찮겠다' 싶은 게 튀어나온다. 써놓고 보니 마음에 드는. 창의력이 별건가. 남들이 생각하지 못하는 것을 하면 된다. 다르게 보면 뭔가 새로운 것이 나올 가능성이 크다. 어떻게 다르게 보냐고? 시인의 말처럼 보면 된다.

여러분 사과를 몇 번이나 봤어요? 백 번? 천 번? 백만 번? 여러분은 사과를 한 번도 본 적이 없어요. 사과라는 것을 정말 알고 싶어서, 관심을 두고 이해하고 싶어서, 대화하고 싶어서 보는 것이 진짜로 보는 거예요. 오래오래 바라보면서 사과의 그림자도 관찰하고, 이리저리 만져도 보고 뒤집어도 보고 한 입 베어 물어도 보고, 사과에 스민 햇볕도 상상해보고, 그렇게 보는 게 진짜로 보는 거예요.

시인 김용택이 영화 〈시〉에 '김용탁 시인'으로 출연해 할머니들에게 시 수업을 하는 장면이다. 제목을 뽑으려고 들 때 내 마음을 적어둔 것 같았다. 사과를 글로 놓고 보면 그랬다.

글 하나를 진짜로 보게 될 때 드리우는 제목의 그림자가 있다. 글을 앞에서 뒤로, 뒤에서 앞으로도 읽어보고, 사진이나 사진 설명 글에서도 찾아보고, 기자가 적어놓은 메모, 통화할 때 듣게 되는 이야기 등 글을 에워싼 주변의 모든 것을 탈탈 털었을 때 건져지는 문장. 본문에 없는 말을 지어내 제목으로 쓸 수는 없다. 그렇게 제목을 뽑을 때 독자는 "낚.였.다"라고 말한다. 혹은 "본문부터 제대로 읽어라"라는 말을 듣거나.

편집자 오경철의 책 《편집 후기》 서평 제목을 뽑을 때였다. 이곳저곳에서 읽힐 만한 문장을 찾아보는데 '참, 제목이 안 나온다' 싶었다. 그때 원고를 쓱 위아래로 훑어봤다. '편집자로 사는 일도 쉽지 않구나' 혼잣말이 나올 정도로 일의 고단함이 원고에서 전해지는 것 같았다(물론 보람도 있겠지만).

그러다 떠오른 말이 '(편집자들이) 이러고 사는구나'였다. 편집자를 일컬어 저자의 첫 번째 독자라고 하는 말은 왕왕 들어왔으니, "저자의 첫 번째 독자는 이러고 삽니다"라고 하면, 독자는 "이러고 산다"는 내용이 뭔지 궁금할 것 같았다. "이지경입니다" "이 꼴 좀 보세요" "이렇게 삽니다" 등의 문장도 글을 읽은 후의 느낌을 생각하다가 떠올라서 쓰게 된 것들이다.

말과 문장이 만나면

이런 일도 있다. 수능 하루 전날. 재택근무가 일상인 나는 주로 오전에 클래식과 영화음악이 나오는 라디오 주파수를 맞춰놓고 근무를 하는데, 이런 말이 흘러나왔다. "(수능일은) 온 국민이 기도하는 날이죠."

듣고 보니 정말 그랬다. 고3과 전혀 상관없는 나조차 수험생들의 안녕을 빌었으니까. 재미있는 표현이라고 생각했다. 그러다 그날 오후 우연히 '수능 시험을 보지 않는 청소년들이 있고, 수능 날 저녁 대학 비진학자들 모임이 열린다'는 내용의 글을 검토하게 되었다.

　　16일, 수능 보는 청소년만 있는 건 아닙니다
　　대학 진학이 당연하지 않은 학교가 필요합니다

　　원래 글쓴이가 적어 보낸 제목은 이거였다. 부제에 나오 듯 나도 처음에는 '학교에서 경쟁이 빠져야 한다'는 취지의 내 용을 제목에서 살릴까 고민했다. 학교, 경쟁…. 쓰다가 지웠다. 너무 많이 들었던 단어라 뻔한 내용으로 보일까 봐. 그렇다면, 대학 비진학자들이 파티를 연다는 소식에 초점을 맞춰볼까?

　　수능 날 저녁, 대학 비진학자들이 모입니다

　　'비진학자들'이라는 단어가 낯설게 느껴질 수 있었다. 수 능 끝나고 수험권을 지참하면 각종 할인 혜택을 준다는데 수 험권을 살려볼까.

　　수능 날 저녁 홍대, 수험권 없는 이들이 모이는 이유

　　도리도리 고개가 획획 저어졌다. 후배가 "대학 진학이 당연한가요? 그 생각에 반대합니다"를 제안했지만 어쩐지 작년 수능 때도 했던 말인 것 같았다. '했던 말 또 하기 싫은데….' 그때 '온 국민이 기도하는 날'이라는 말이 생각났다. 그래서 이런 문장들을 써봤다.

온 국민이 수능을 말할 때, 저는 '학교'를 말하고 싶습니다
온 국민의 수능 응원은 완전히 달라져야 합니다

이것도 뭔가 딱 떨어지는 게 아니다 싶을 때 정확히 이 문단에서 내 눈이 멈췄다.

매년 수능 날이 있는 11월일수록 더 그렇다. 길가마다 걸려 있는 온갖 정당들의 수능 응원 메시지, 곳곳의 수능 응원 현수막은 마치 모든 청소년이 당연히 수능을 보는 것만 같은 착각에 빠지게 만든다.

"착각에 빠지게 만든다"라…. 맞아, 그렇지. 수능을 안 보는 친구들도 있는데 나부터도 그런 착각에 빠졌고. 이 문장을 살려서 쓰면 좋겠다 싶었다. 그렇게 나온 게 "매년 수능 날이면 온 국민이 빠지는 착각"이었다. 날이 수능 날인지라 관심이

많아서도 그랬겠지만 조회수가 원만하게 상승 곡선을 탔던 것으로 기억한다.

만약 내가 글의 핵심만 제목에 드러내려고 애썼다면 호기심과 재미, 읽고 싶게 만드는 문장을 놓쳤을지도 모른다. 물론 과거에도 놓칠 때가 있었고 앞으로도 놓치지 않는다는 보장은 못한다. 다만 아는 것은 하나, 제목에 정답은 없다는 것. 내가 이런저런 궁리를 하며 제목을 다듬는 이유다.

"

2부

제목의 밖

"

무엇을 보여줄 것인가

선택과 개입

《논어論語》에서 공자님은 말씀하셨다.

아는 자는 좋아하는 자를 이기지 못하고 좋아하는 자는 즐기는 자를 이기지 못한다知之者 不如好之者 好之者 不如樂之者.

이 말에 내가 해당할 거라고는 생각도 못했다. 제목에 대한 글을 쓰다가 논문까지 찾아보게 될 줄이야. 이 정도면 내가 이 글 쓰는 것을 즐기는 건가.

내가 찾아본 논문은 〈한국 근대신문 기사제목의 형성과 발전: 독립신문, 대한매일신보, 동아일보를 중심으로〉다. 발표된 때는 2008년, '부산대학교 자유과제 학술연구비(2년)' 지원을 받아 연구되었다고 논문은 밝히고 있다(포털에 제목을 검색하면 누구나 볼 수 있다).

한 사람을 이해하는 데 그 사람이 살아온 내력을 아는 것이 도움이 되는 것처럼 제목도 그러했다. 2024년에 1920년대, 1930년대의 신문 제목을 살펴보는 일은 새로웠다. 새롭게 안 사실도 있었다. 신문 기사에 처음부터 제목이 있던 건 아니라는 것. 초기 신문에는 제목이 없었다! 다만, 기호가 있었을 뿐.

논문 내용에 따르면, 개화기 신문에서는 표제 대용으로 'ㅇ' '◎' 같은 표식을 사용했다. 그러던 것이 차츰 레이아웃이 바뀌고, 타이포그래피가 변하면서 제목의 외형과 내용에 변화가 생겼다고. 논문을 이해하는 것은 고도의 문해력이 필요한 일 같다. 나라면 쓰지 않을 문장들이 '논문투'로 수두룩하다. 읽는 문장마다 적지 않은 피로감이 몰려든다. '논문은 왜 이렇게 써야 하는 거예요?' 따져 묻고 싶은 심정이다. 그래도 연구자에게 감사하는 마음으로 꼼꼼히 읽어본다.

그 내용을 잠시 다루면, 먼저 제목의 기능, 이를 설명하기 위해 여러 연구자의 논문을 이용하는데, 그걸 다 나열할 수는 없는 노릇이고 제목의 정의에서 공통점으로 발견되는 특징과 기능을 옮기면 이렇다.

공통적으로 나타나는 것은 제목이 '기사 내용에 대한 압축'이며 또한 '요약된 진술'이라는 것이다. 즉 제목은 기사 내용을 함축적으로 설명하기 위한 기사 본문의 2차 가공물이라는 것이다.

기능 구분에서 또한 공통적으로 나타나는 것은 '요약 또는 압축'으로 이것이 신문 제목의 기능에서 가장 기본적이며 중요한 것이라 할 수 있을 것이다.

이 둘을 종합하면 '기사를 압축 및 요약해 전달하는 것이 제목의 가장 본질적인 목적이자 기능'이라는 것. 100년이 지나도 유효한 정의, 변하지 않는 제목의 원칙이라 해도 좋겠다.

이번에는 제목의 종류를 보자. 역시나 논문체의 글이라 한 번에 알아듣기 매우 어려워 논문의 내용을 근거로 도표화했다. 크게 서술자의 관점에 따른 두 가지 형태를 인용하면 다음과 같다.

제목을 서술자의 관점에 따라 나누면

주관형

1. 기분분출형
2. 호소요청형
3. 관심유도형
4. 문제제기형

편집자나 신문사의 의사·감정이 개입된 제목으로, 사실보다는 사건의 정서적 분위기를 전달할 때

객관형

1. 본문요약형
2. 주요내용소개형
3. 결과제시형
4. 각립(대립)형

기사의 내용을 사실 위주로 압축·요약하며 객관적인 태도로 간결하게 제시한 것

두 가지 모두 어떤 형태로든 기자의 선택과 개입이 이뤄진다.

일상적으로 제목을 짓는 과정에서 어떤 유형을 구분하며 일하지는 않았는데, 이렇게 연구자의 시선으로 일목요연하게 구분된 유형들을 보니 일리가 있다. 굳이 나누자면 정치사회 기사의 경우는 객관형을 많이 쓰는 것 같고, 사는 이야기나 여행, 책동네 같은 기사들에는 주관형을 더 자주 쓰는 것 같다.

나는 실무를 하면서 경험으로 체득한 것들을 하나하나 정리하는 마음으로 제목 관련 글들을 쓰고 있는데, 이미 수년 전

이런 제목 어때요?

에 학문적 기틀로 잡아둔 연구자들이 있다니, 놀랍다. 이래서 배움에는 끝이 없다고 하는 건가.

무엇을 보여줄 것인가

이 논문에서 말하고 있는 핵심 중 하나는 '제목에는 기자의 선택과 개입이 일어난다'는 것이다. 그렇다. 제목은 사실을 전달하기도 하지만 기자나 편집자, 언론사의 관점을 드러내기도 한다. 모두 알다시피 언론사마다 정치적 성향이 다른 건 이 때문이다. 그러니 한 사안을 놓고도 뽑을 수 있는 제목의 가짓수는 무궁무진하다. 100명이면 100개의 선택과 개입이 일어나니까. 뉴스 제목이 다채롭게 보이는 건 그 때문이다. 물론 비슷한 결로 흐르는 관점도 있지만.

내가 주로 보는 '사는 이야기' 같은 기사에서도 '(독자에게) 무엇을 보여줄 것인가'에 따라 기사 제목이 달라지는 일이 아주 흔하게 벌어진다. 가령, 명절을 앞두고 들어온 고물가에 대한 글의 사례를 보자. '명절+고물가'를 드러내자고 생각했을 때는 원제를 살린 "이번 설에는 과일 상자를 못 들고 가겠습니다"가 적당하다고 생각했다. 그러나 데스크의 반응은 "다시 뽑아줘". 너무 뻔하다는 거다.

'식상한 제목이라면 바꿔야지. 그렇다면 좀 다른 걸로, 새로운 걸로 뽑어보겠어'라고 든 카드가 바로 "16990원, 23990원… 이러니까 더 못 사겠어요"였다. 기사 내용 중에 재미있는 사실이 있었다. 주부의 꼼꼼한 관찰에서 발견한 특징 하나. 바로 마트에서 파는 과일 가격표가 대부분 10원을 낮춰 팔고 있다는 거였다. 17000원을 16990원, 이런 식으로.

나는 그 점을 부각시키면 좋겠다고 생각했다. 그러나 시의적으로 '그래도 명절이니까' 하며 "과일 상자를 못 들고 가겠습니다"라는 문장을 버리지 못했던 것인데, 결과적으로 '명절'이란 키워드를 버리길 잘했다.

이래서 못 보던 거, 안 하던 거, 새로운 게 좋다고 하는 거다. 독자를 조금이라도 반응하게 하니까. 독자의 시선을 좀더 끌 수 있는 것이 더 나은 선택. 섬네일을 마트 사진으로 바꾸고 기사는 출고되었다. 결과는 '씨익' 웃음이 나는 정도였으니, 성공했다고 볼 수 있으려나.

이거 내 이야기인가?

타깃 독자

만인을 향한 메시지는 실은 누구에게도 전해지지 않는 메시지입니다. 메타메시지의 가장 본질적인 양태는 그것이 수신자를 갖고 있다는 것입니다. 그것이 자기 앞으로 온 메시지라는 것을 알면 비록 그것이 아무리 문맥이 불분명하고 의미조차 불분명하더라도 인간은 귀를 기울여 경청합니다.

《어떤 글이 살아남는가》를 쓴 작가 우치다 다쓰루의 글을 읽고 '이거네' 싶었다. 더 많은 사람이 읽기를 바라는 마음으로 제목을 고민한다고 했지만 그 대상이 늘 모든 사람은 아니었다. 글이나 책이 그렇듯 제목에도 타깃 독자가 있다.

이 책의 타이틀만 놓고 봐도 그렇다. 제목 뽑기에 관심이 있는 독자라면 관심이 갈 만한 요소를 곳곳에 숨겨놓았다. 물론 제목 따윈 아무래도 상관없다는 사람도 있다. 혹할 만한 문장으로 써두지 않고 '제목에 대한 글'이라는 내용만 흘려줘도 관심 있는 사람은 찾아 읽는 게 요즘의 읽기니까.

그런데 사람들이 몰리는 제목에는 틀림없이 이유가 있다. 우치다 다쓰루 작가가 그 이유를 친절하게 알려줘 내 눈이 번쩍 뜨였던 거다. 그게 뭐냐고? 그가 썼듯 "그것이 자기 앞으로 온 메시지"라는 것을 알아보는 것이다.

제목을 보자마자 '이거 내 얘긴가?' 혹은 '이 제목 쓴 사람 내 마음속에 들어갔다 나왔나?' 혹은 '나 들으라고 하는 말인가' 혹은 '귀신이네' 같은 반응을 부르는 문장들이 그렇다. 나에게도 그런 종류의 글이 있다. 그것들은 대부분 내가 지금 고민하는 것과 관련이 있는 제목인 경우가 많았다.

40대 직장맘인 나의 고민은 이런 거다. 일에 대한 고민, 인간관계에 대한 고민, 리더십에 대한 고민, 학부모로서의 고민, 대입에 대한 정보, 양육 문제, 좋은 부모의 역할은 무엇인가에 대한 고민 등등. 그래서 나는 이런 제목에 눈길이 간다.

아이 스스로 공부하게 하려면 이렇게 해야 합니다

'직장존버' 고민하는 30후40중 직장인들에게

리더가 이 세 가지 못하면 조직이 산으로 가더군요

수능을 대학입학 자격시험으로 바꾸면?

어쩐지 나에게 말하는 것 같은 혹은 나 읽으라고 쓴 것 같은 제목들이어서 반갑다. 그냥 지나칠 수 없게 만든다. 이것 말고 또 있다. 꼭 나를 염두에 두고 하는 말은 아닌 것 같은데 일단 보면 궁금한 제목들이다. 바로 전문가 상담 내용이 담긴 글들이다.

보편적 감정을 건드릴 때

정신건강의학과 전문의인 오은영 박사가 연재한 "오은영의 화해" 같은 종류의 글들이 그랬다. 타이틀을 아예 "사연 뉴스"라 하고 온갖 사연을 소개해주는 글의 제목들도 그랬다. 일단 보자. 아래는 "오은영의 화해"에 실린 기사 제목들이다.

"우리 엄마가 그럴 사람이야?" 남편은 시댁 편만 들어요

엄마가 퇴근하면 우는 아들… 아들이 절 싫어해요

집 사고 집값도 알려주지 않는 남편, 저를 못 믿는 걸까요

확실히 밝히건대 내 남편 이야기는 아니다. 나는 아들이 없으니 내 아이 이야기도 아니다. 공통점은 하나, 결혼과 출산을 경험한 사람들의 이야기라는 것. 그래서 궁금한 마음이 일렁거린다. 안 들었으면 모를까 제목을 봤으니 더 궁금해지는 이야기다.

반대로 결혼하지 않았다면 그다지 시선을 둘 필요가 없는 이야기이기도 하겠지만, 글쎄, 결혼 여부를 떠나 궁금한 이야기라면 누구라도 반응하지 않을까. 크게 화제가 되는 프로그램이 아닌 〈궁금한 이야기 Y〉가 2009년부터 지금까지 방송되는 데는 분명 이유가 있을 것이다. 현대사 등 꽤 무거운 이야기를 다루는 〈꼬리에 꼬리를 무는 이야기〉에 우리 집 아이들이 환호하는 것도 괜한 게 아닐 테다.

남녀노소 가리지 않고 사람들은 이야기를 좋아한다. 나와는 아무 상관 없는 사람의 이야기라도 제목이 솔깃하면 내용이 궁금해진다. 무슨 사연인지 더 알고 싶고. 특히나 "오은영의 화해" 같은 경우, 국민 멘토 오은영 박사가 어떤 말을 해줄까 싶어 마우스가 바빠진다.

사연에는 사람 마음을 움직이는 힘이라도 있는 걸까. 라

이런 제목 어때요?

디오 사연도 그렇지 않나. 무심코 듣다가 어느 대목에 꽂혔을 때 더 잘 듣고 싶어서 갑자기 볼륨을 높였던 적이 있지 않나. 사연만 듣고도 응원해주고 싶거나 위로해주고 싶거나 격려해주고 싶거나, 감동받아서 혹은 슬픈 내용이라 그저 눈물만 흘렸던 적이 있지 않나. 분명 남 이야기인데 내 이야기처럼 느껴진 적이 있지 않나.

공감지수가 '다소 높음'에 해당하는 나는 자주 이런다. 그래서다. 이런 제목에 자주 낚이는 건. 자주 당하는 만큼 나도 써먹는다. 가끔은 이런 스타일의 제목을 사용한다. 어딘가 나와 비슷한 공감지수를 가진 사람들이 있을 거라고 믿으며. 그래서 나온 제목들이 이런 거다.

내가 쓴 글이 점점 마음에 들지 않아요

저는 왜 아이에게 화를 내고 소리를 지를까요?

결혼해 독립했는데… 부모님께 육아를 부탁하고 싶지 않아요

글을 쓸 때부터 수신인을 생각한다면

이런 제목을 지으려고 마음먹었을 때는 평소보다 조금 덜 비장해진다. 어깨에 들어간 힘을 조금이라도 빼려고 한다. 독자에게 다가가는 느낌으로 문장을 쓰고 싶어서. 함께 고민을

나누고 싶은 마음으로 더 다정하게 말을 걸고 싶다.

세상 고민 혼자 다 짊어진 것 같을 때 힘든 이야기를 주변 사람들과 나누다 보면 '어? 나만 그런 게 아니네?' 하고 생각하게 될 때 있잖나. 아마도 이런 사연들이 그런 마음으로 쓰이고 또 그것이 필요한 사람에게 읽히는 거라고 보기 때문에 제목도 그 틈을 조금 파고 들어가보는 거다. 토닥이는 마음이 필요한 사람들, 위로가 필요한 사람들의 심리를 건드린다고 해야 하나.

제목에서 보편적 감정을 정확히 건드릴 때 독자는 반응한다고 믿는다. 제목은 어쩌면 독자와 편집기자가 하는 고도의 심리전일 수도. 이왕이면 내가 짓는 제목이 N극을 당기는 S극처럼 독자를 끌어당기는 문장이었으면 좋겠다.

끝으로 처음에 소개한 작가의 글을 일부 더 인용한다. 글을 쓸 때 이처럼 대상을 떠올리며 문장을 쌓아나간다면 제목의 수신자는 굳이 생각할 필요도 없겠다 싶어서.

(글은) 상정하는 독자가 있습니다. 그 사람에게 보내는 편지를 씁니다. 그런 구체적인 이미지가 없으면 밀어붙이듯이 글을 써나갈 수 없습니다. 상정하는 독자가 없는 텍스트는 꾸물꾸물합니다. 어디를 보고 있는지 알 수 없기 때문에 공중에 시선을 두

고 이야기하는 사람처럼 흐릿한 어조를 띱니다. 똑바로 시선을 맞추면서 알아듣겠어요? 하고 표정을 확인해가면서 이야기를 하지 않으면 속도를 낼 수 없습니다.

제목이 안 나올 때

/

믿을 것은 글과 독자

"글쓰기란 혼자 또 함께 걷는 길이다"라는 제목을 "나는 한 번도 혼자 쓴 적이 없었다"로 고치면서 내 안의 고정관념이 바사삭 하고 깨지는 걸 느꼈다. 이명도 아닌데 귀 한쪽 어딘가에서 '삐' 소리가 들린 것도 같고. 내가 이런 증상을 느낀 데는 그만한 속사정이 있다.

'혼자 쓰는 법'이란 주제로 스무 편 정도의 글을 혼자 썼다. 혼자 글 쓰는 사람들을 돕기 위한 글이었는데, 그 글을 쓰는 동안 '혼자'라는 프레임에 단단히 갇혀 있었다. 혼자 쓰는 사람들은 어떤 고민을 하지? 혼자 글을 쓰면 어떤 어려움에 처하지? 혼자 쓰기 어려울 때 내가 시도했던 방법은 뭐였지?

아이디어를 모으는데 '혼자'가 빠지면 뭔가 어색했다. '혼자'만 생각하다 나 혼자만 덩그러니 남아버린 기분이었다. 계속 쓰기가 힘들었다.

제목이 기대는 곳

그런데 나처럼 혼자 글을 쓰면서도 그분은 "나는 한 번도 혼자 쓴 적이 없었다"라고 말하는 게 아닌가. 어째서지? 그의 말인즉 이렇다. 글을 쓰는 건 분명 혼자의 일이지만 그 과정에서 홀로인 적은 없었다고.

홀로 쓰는 당신에게, 내 글에 의심이 들고 포기하고 싶어진다면 글 쓰는 타인을 만나보라고 권하고 싶다. 글쓰기는 혼자 하는 일이 맞지만 글로 향하는 길은 같이 걸을수록 풍성해지는 법. 누군가의 문장이 나를 쓰도록 움직였으니 한 번도 혼자 쓴 적이 없었다.

혼자 쓰는 방에서 나와 글쓰기 모임을 통해 더 풍성해진 삶에 대해 쓴 글이었다. 충분히 수긍이 간다 싶으면서도 '나는 어떤가?' 자문하게 된 것이다. 나는 정말 홀로 썼을까. 내가 쓴 수많은 글을 정말 나 혼자 썼다고 할 수 있을까. 나 혹은 내 글을 둘러싼 그 무엇에 대해 생각하지 않아도 될까.

"나는 한 번도 혼자 쓴 적이 없었다"라는 문장 앞에서 나를 비춰보니 나 역시 한 번도 혼자 쓴 적이 없었다. 내가 쓰는 글들은 대부분 경험한 일을 풀어낸 것이다. 내가 겪은 일을 가만 들여다보면 거기에는 결코 나만 있지 않았다.

한 회사에서 동료들과 오래 편집 일을 해서 쓸 수 있었고(《아직은 좋아서 하는 편집》), 누군가의 문장을 읽고 썼고("쓰라고 보는 책"), 제목 짓는 법 좀 알려달라는 누군가의 말 때문에 또 이런 글을 쓰고 있다.

주변 사람들과의 대화 속에서 하고 싶은 이야기가 떠올라 쓰고, 나를 잘 돌보기 위해 썼다. 불안하고 흔들리는 마음을 붙들기 위해. 누구도 해주지 않는 말을 나에게 해주고 싶어서 쓰고, 독자의 반응에 힘입어 쓰기도 했다. 소진된 마음을 음악과 책으로, 사람과의 만남으로 채우면서 썼다. 비워졌나 싶으면 채워졌고, 채워졌나 싶으면 다시 비워지는 일을 반복하는 동안에도 그렇게 씀으로써 글은 묵묵히 쌓여갔다. 방황하는 시간에도 글은 남아서 나를 지켜줬다. 가장 좋은 친구가 되어주었다.

돌아보니 이 모두가 나를 둘러싼 관계 속에서 벌어진 일들. 그러니 굳이 '인간은 사회적 동물'이라는 오래된 수식어를 들먹이지 않더라도 나 또한 홀로 쓴 적이 없는 셈이다.

제목도 보면 그렇다. 얼핏 보면 제목 혼자 고개를 빳빳이 들고 있는 것 같지만, 알고 보면 그 뒤를 든든하게 받쳐주는 맥락들이 본문에 있다. 혼자 고군분투하고 있는 것 같았는데, 알고 보니 나도 글쓴이의 문장에 기대어 제목을 뽑고 있었다.

제목 뽑는 일은 고민의 구역이 엄격히 제한되어 있다. 그 구역을 자의적으로 넘어서면 탈이 나기도 하니 어떻게든 그 범위 안에서 지지고 볶아야 했다. 훌륭한 배우는 현장을 탓하지 않는다는 말을 어딘가에서 들었는데, 비슷한 차원에서 글 안에서 어떻게든 좋은 제목을, 좋은 결과를 내기 위해 나도 애를 쓰는 것이다. 그러니 믿을 것은 글뿐.

뾰족한 한 문장을 짓기 위해 문장과 문장 사이를, 단어와 단어 사이를 찾아 헤매고 글쓴이의 문장에 기대어 제목을 뽑는다. 제목 뽑는 일이 아무리 힘들다 한들 그나마 할 만하다고 여기는 것은 내가 기댈 수 있는 문장이 어딘가에는 있다는 믿음 때문이 아닌가 싶다. 무수히 많은 사람 속에서도 '소중한 사람'은 한눈에 알아보는 것처럼, 제목으로 쓸 만한 것이 본문에 반드시 있다는 믿음.

가끔은 그 믿음이 독자를 향할 때도 있다. '내 의도를 독자가 잘 받아들여주시겠지'라는 믿음으로, 독자를 상상하며 제목 한 문장을 짓는다. 결국 글 쓰는 일만이 아니라 제목 뽑는 나의 일도 글과 독자에 기대어 있는 셈이었다.

뒷배가 생긴 기분

배우 남궁민이 방송에 나와 이런 말을 했다. 드라마 〈연인〉 명장면을 설명하면서 "정말 밉군"이라는 대사를 집에서 아무리 연습해도 어떻게 느낌을 살려야 할지 고민이 되었다고. 그런데 실제 촬영 날, 길채를 연기한 안은진 배우의 눈빛을 보는 순간 연기가 자연스럽게 풀렸다면서 공을 상대에게 돌렸다.

남궁민의 자연스러운 연기가 본인의 노력이 아니라(물론 노력도 있었겠지만) 상대 배우의 감정에 기대어 나올 수 있었던 장면이라고 솔직히 말하는 모습이 퍽 인상적이었다. 안은진이라고 다르지 않았을 것 같았다. 대배우든, 이제 막 연기를 시작한 배우든 좋은 작품을 만들기 위해 서로의 감정에 기대어가는 순간이 있다는 게 신기하면서도 다정하게 느껴졌다.

"나는 한 번도 혼자 쓴 적이 없었다"라는 문장 때문에 여기까지 오게 되었는데, 아닌 게 아니라 '혼자 쓴다'고 생각할 때와 뭔가 다른 감정이 드는 게 사실이다. 글을 쓰는 나도, 제목을 짓는 나도 어딘가에, 누군가에 기대고 있다고 생각하니 갑자기 든든한 뒷배가 생긴 기분이다. 앞으로는 혼자 글을 쓰는 시간이 더 많아지더라도 쓰는 일이 그렇게 막막하지만은 않을 것 같다.

끝으로 고백건대 내가 꼽은 드라마 〈연인〉의 명장면은 바로 "오랑캐에게 욕을 당한 길채는?"이라고 묻는 안은진의 말에 남궁민이 "안아줘야지, 힘들었을 테니까"라며 안아주는 신이다. 현실에서 오랑캐에게 욕을 당한 적이 없는 나지만 뭔가 지치고 고단한 일상을 알아주고 보듬어주는 대사였달까. 길채만이 아니라 나까지 위로받은 기분이었다. 재미 삼아 이런 대사들도 막 상상되고.

눈이 와서 약속 시간에 지각한 나는?
  – 안아줘야지, 힘들었을 테니까.

밥하기 싫었지만 배달 음식은 더 싫어서 그냥 집밥 먹은 나는?
  – 안아줘야지, 힘들었을 테니까.

매일 글쓰기 작심삼일을 못 넘기는 나는?

─안아줘야지, 힘들었을 테니까.

늘 반듯한 이야기만 해서 어쩌면 지루했을 독자를 위해 이렇게 애쓰고 있는 나는?
─안아줘야지, 힘들었을 테니까.

글을 보내는 분들이 가끔 "아무리 생각해도 좋은 제목을 못 뽑겠다, 제목을 부탁한다"라는 메모를 남길 때가 있다. 그것 역시 혼자 고민하기는 힘드니 누군가에게 기대고 싶은 마음이지 않았을까 싶다. 그럴 때는 나도 어깨를 빌려드리는 심정으로 원고를 좀더 꼼꼼히 읽는다.

물론 가끔은 그런 말이 부담되기도 하고, 제목을 잘 뽑고 싶은 마음에 욕심을 부리다가 오히려 일을 그르치는 경우도 있다. 그래도 글쓴이가 이렇게라도 당부하는 것은 편집기자라는 존재가 있기 때문이지 않을까. 그게 내 일이니 정성껏 제목을 지어야겠다고 마음먹을 수밖에. "그 제목 별로"라고 바꿔달라고 요청하는 일이 없도록.

위험한 제목

독자의 신뢰 잃지 않기

이상하게 들리겠지만 멍때리는 시간에 종종 홈쇼핑 채널을 본다. 일을 끝내고, 저녁을 먹고, 설거지를 한 뒤 휴식하는 시간에 열일하는 쇼핑호스트들을 유심히 바라본다. 정신 사나운 소음에 가까운 화면을 멍하니 바라본다.

'과일이 잘 갈리고, 머리 손질이 쉽고, 보관이 쉬운 제품도 참 많네. 지금 안 먹으면 후회할 먹거리들은 또 왜 이렇게 많아. 저렇게 많은 양을 한 번에 사면 보관은 어떻게 하지? 단 한 번, 오늘 방송에서만 할인한다고? 거짓말. 엊그제 했던 거구만. 저건 100% 조명발이네, 조명발.'

쇼핑호스트, 연예인들의 말을 들으면서 혼잣말을 한다. 안타깝게도 홈쇼핑을 보면서 물건 사는 일은 극히 적다. 다만 감탄한다. '말 진짜 잘해. 사람 홀리는 재주가 많아. 이러니까 사람들이 사지. 안 사고 배기겠나.'

"방송이 끝나면 이 모든 혜택은 없습니다, 여러분! 곧 매진됩니다. 브라운 컬러 고민인 고객님들, 서두르셔야겠어요. 마감 임박입니다. 지난번 방송에서 전부 매진, 전회 매진. 시간 많지 않습니다. 2분 남았나요? 서두르세요. 다음 방송 없습니다. 준비한 수량, 곧 끝납니다, 미룰수록 남는 건 후회뿐, 지금이 가장 쌉니다."

빨라지는 말 속도만큼 내 심장도 같이 뛰는 것 같다. 쇼핑호스트들의 말만으로는 매진에 닿기가 2% 부족한지 긴박한 효과음도 빵빵 등장한다. 마감 시간도 깜빡깜빡, 시곗바늘도 재깍재깍이다. 지금 당장 사지 않으면 싸게 살 수 있는 기회를 날리기라도 할 것처럼. 한 골이라도 더 넣기 위해 밀도 있게 압박 수비 들어가는 축구선수들마냥. 그런데 이거 어디서 많이 보던 표현인데…. 내가 제목으로 쓴 문장들과 비슷하잖아!

독자의 감정을 흔드는 말

쇼핑호스트들은 감정에 호소할 때가 많다. 제품에 따라서는 실험 결과를 근거 자료로 삼거나, 언론 보도 내용을 보여주는 등 소비자의 이성적 판단에 호소할 때도 있다. 하지만 시늉일 뿐, 대부분은 즉각적 반응, 곧 소비를 끌어낼 만한 멘트를 자주 사용한다. 앞서 언급한 말만 봐도 그렇다. 그런데 편집기자인 내가 쇼핑호스트와 비슷한 표현으로 사람들의 관심을 끌려 했다고? 그게 뭘까? 바로 이런 거다.

> 인삼만큼 좋다는 가을 무, 그냥 지나칠 수 없어요
> 대구에서 찹쌀수제비 주문하신 분, 놀라지 마세요
> 강릉 가시는 분들, 4월 지나면 이거 못 먹습니다
> 군산의 분식, 유재석님 이거 꼭 먹어야 합니다

어떤가. 쇼핑호스트들의 목소리가 음성지원되는 것 같지 않나? 다시 말하지만 이건 홈쇼핑 방송 멘트가 아니고 기사 제목이다. 가을 무의 효능을 '강조'하면서 그냥 지나칠 수 없을 거라고 독자의 '관심을 유도'하고, 그냥 찹쌀수제비가 아닌 '대구 찹쌀수제비'라는 '차별성'을 두면서 왜 '놀란다'는 건지, 독자의 '호기심'을 노린 문장이다.

의도가 없는 문장은 제목에 없다. 어찌 보면 제목은 글쓴이 혹은 편집기자가 쓰는 고도의 노림수에 가깝다. 어떻게든 독자를 끌어당기고 보려는.

이번에는 여행 상품을 소개하는 홈쇼핑 방송을 보자.

"지금 채널 돌리신 분들, 돈 버신 겁니다. 오늘 방송 아니면 이 가격에 절대 못 삽니다. 지금 결제하시는 거 아니에요. 지금은 전화 예약만. 전화 예약만 해도 추첨을 통해 상품 드려요. 그냥 지나칠 여행 상품이 절대 아닙니다. 이 가격으로 12월 여행 성수기 상품 절대 못 떠나요. 놀라지 마십시오. 4박 5일에 39만 9000원, 저가 항공 아니고요, 국적기로 가시는 겁니다."

쇼핑호스트의 말에서 뭔가 '긴급함'이 느껴진다. 듣는 입장에서는 쫓기는 것 같은 마음도 든다. 기회를 놓치고 싶지 않다는 생각도. 바로 결제하는 게 아니라니까 안심이 되면서 생각할수록 가성비가 훌륭해 보인다. 부담 없이 한번 해볼 만하다고 생각하게 된다. 그렇다면 이 제목들은 어떤가.

지금 안 사면 1년 뒤… 슈톨렌 예약에 성공하다

지금 다운로드 받으세요, 삶의 질이 달라집니다

작년에만 5만 명… 지금 못 보면 1년을 후회합니다

장담합니다, 이 마음 5천 원으로 절대 못 삽니다

앞선 문장들이 주는 효과와 크게 다르지 않다. "지금 안 사면"이라고 하니 당장 사야 할 것 같은 '긴박감'이 느껴지고, "작년에만 5만 명"이라고 하니 나만 빠진 것 같아 불안한 마음이 든다. 동시에 나도 한번 경험해보고 싶은 마음이 생긴다.

'당장' 사야 하고, 나도 '5만 명'에 포함되고 싶은, 그게 뭔지 클릭해보고 싶은 마음이 차오른다. 그래서 글을 읽게 되었다면 정확히 내가 의도한 대로, 이끈 대로 넘어온 셈이다. 고맙습니다, 여러분.

●———————— 내용 있는 과장은 귀엽지만

단, 여기서 한 가지 짚고 넘어가야 할 게 있다. 독자를 유입하는 여러 방법 중 하나로 쇼핑호스트들이 쓰는 말처럼 긴급함을 주거나, 지금 하지 않으면 후회할 것 같은 표현 등을 쓰면서 다소 과장하는 방법을 소개하고 있지만, 그게 전부인 양 받아들여서는 곤란하다. 글의 내용에서 벗어나거나 자극적 내용만 추구해서는 안 된다. 독자에게 반감을 살 만한 문장이라면 다시 생각하는 것이 좋다.

그저 더 많이 팔려고 작심한 것처럼 보이는 홈쇼핑 업계도 자체적으로 옴부즈맨 프로그램을 선보이는 등 과대·허위

제품으로 소비자들을 현혹하는 것을 막기 위해 노력한다. 지켜야 할 선을 어겼을 때는 방송통신심의위원회의 제재도 받는다. 당연히 글도 그래야 한다. 글의 제목은 반드시 내용을 토대로 한, 격에 맞는 문장이어야 한다. 특히나 공적인 글일 때는 더더욱 그러하다.

간혹, 그 정도를 어길 때 독자들은 대번에 이렇게 말한다. "낚였네." 글에 없는 내용으로(설사 있다 해도 사소한 내용을 가지고) 감정에 지나치게 호소하거나 심하게 과장하는 제목을 썼을 때 나오는 반응이다. 그러니 경계하고 항상 조심해야 한다. 혹시라도 글쓴이가 자기감정에 취해 그 정도를 넘었을 때 글을 검토하는 사람이라도 중심을 잘 잡아줘야 한다.

제목에서 약간의 과장은 주목을 끌고 독자에게 흥미와 재미를 주지만 넘치면 모자란만 못하다. 뭐든지 적당해야 한다. 재미를 위해 약간 과장한 제목을 쓰고 싶다면 일단 내용을 먼저 보자. 소리만 요란한지, (독자가 읽고) 뭐라도 마음에 남길 게 있는지. 내용 있는 과장은 귀엽게 봐줄 수 있지만 소리만 요란한 제목은 신뢰만 떨어뜨릴 뿐이다. 그럴 때는 아무리 재미있는 제목이라 해도 미련을 버리자. 때론 최고보다 차선의 제목이 나을 때도 있으니까.

이런 제목 어때요?

인공지능의 제목

뜻밖의 뭉클한 답변

출판사에서 한 권의 책을 낼 때 편집자와 작가는 파트너가 된다. 편집자는 작가의 글을 전담하고, 작가는 때때로 편집자에게 의지한다. 글은 결국 작가가 쓰는 것이라 해도 책을 내기까지 편집자의 존재 없이는 불가능하다(직접 출간하는 경우는 또 다르지만). 그렇다면 편집기자인 내 글은 누가 볼까? 당연한 말이지만 편집기자가 본다. 그 선배가 지난봄에 말했다.

"지난번에 업계 동향을 살피느라 챗GPT에 제목을 뽑아보라고 기사 핵심 단락 몇 개를 집어넣었더니 무난하게 뽑긴 하던데 약간 미국 매체 스타일이더라고. 그래서 밥벌이 걱정 안 해도 되겠단 생각을…. 그래서 말인데, AI의 제목을 기사 소재로 한번 써보면 어떨까?"

그로부터 한참 시간이 지나 챗GPT에 대한 관심이 시들해진 어느 주말, AI에게 말을 걸어봤다. '직장에서 거절하는 법'을 다룬 글의 한 단락을 넣어주고 제목을 뽑아달라고 했다. "자아를 찾는 여정" "자유롭게 결정하는 법" "강한 나로 변화하기 위한 첫걸음" 같은 제목들이 나열되었다. 선배가 말한 "약간 미국 매체 스타일"이 뭔지 한 번에 알 수 있었다.

명사형으로 끝나는 문장을 좀더 구체적인 동사형으로 바꿔달라고 해봤다. "거절을 통해 내 의견을 표현하다" "거절로 나의 삶을 디자인하다" "거절의 용기를 가지다"로 바꿔주었다. 노력은 가상하다만 쓸 만한 제목이 없었다. 순간, AI에게 역할을 부여하면 임무 수행을 더 잘한다는 내용을 본 기억이 났다. 나는 즉시 역할을 부여해봤다.

"너는 시민들이 쓰는 글을 편집하는 편집기자야. 편집기자에게 가장 필요한 태도는 뭔 것 같아?"

AI 편집기자의 답변은 길었지만 요약·정리하면 이렇다.

- 이해와 공감(글쓴이의 의도와 메시지를 이해하고 공감할 수 있는 능력)
- 존중과 배려(각각의 의견과 관점을 존중하고 독자에게 다양한

시각을 제공할 수 있어야)

- 정확성과 신뢰성(편집기자는 사실 확인과 정확성에 큰 주의를 기울여야)

- 객관적인 판단력(문맥, 문법, 스타일 등 다양한 요소를 고려해 글을 수정하거나 개선하는 작업)

- 커뮤니케이션 및 협업 능력(편집 작업은 작가 혹은 기사 작성자와의 원활한 소통과 협업이 필요)

이거 봐라? 꽤 그럴듯했다. 신뢰도가 1 정도 상승했다. 이 번에는 "제목에 대해 시민기자들이 궁금해하는 것은 뭘까?"라고 물었다. AI 편집기자는 "일반적으로 다음과 같은 사항에 관심을 갖고 있을 것"이라며 예측한 내용을 보여줬다.

- 흥미로운 제목(자신의 글이 독자들에게 흥미롭고 유혹적으로 다가갈 수 있는 제목을 가지고 있는지 궁금해한다)

- 명확한 내용 전달(글의 제목이 내용과 일치하며, 명확하게 내용을 전달하는지에 대한 궁금증도 있다)

- 감정과 호소력(글의 제목이 감정과 호소력을 담아내는지 여부를 궁금해한다)

- 짧고 간결한 형식(짧고 간결한 형식으로 작성된 제목에 관심을

갖는다)

- 창작성과 참신함(독특하거나 예상치 못한 접근 방식 및 아이디어가 담긴 독창적 제목은 높은 인상을 남길 수 있다고 생각한다)

AI 편집기자와의 대화

굉장히 일반적인 내용이지만 필요한 내용 정도는 알고 있다는 인상을 주었다. 이 가운데 '감정에 호소하는 제목'을 뭐라고 생각하는지 궁금해서 사례를 알려달라고 물었다. AI 편집기자는 "감정에 호소하는 제목은 독자의 감정적 반응을 자극해 글을 읽게 만들고 관심을 끌어들일 수 있다"면서 아래와 같은 제목을 보여줬다.

눈물 쏟게 하는 이야기

가슴 벅차오르는 소식, 세상을 움직이다

화제의 인터뷰: 그녀의 용기와 열정에 감동받다

절규하며 소리치는 현실, 이곳에서 일어난 일들

희망과 절망 사이에서 펼쳐진 인간 드라마

이건 좀 실망이다. 신뢰도가 마이너스로 급격히 하락했다.

이런 제목으로 요즘 독자의 관심을 끌 수 있다고 생각하다니. 인간을 너무 얕본 거 아닐까? 하지만 "화제의 인터뷰"랄지, "드라마" "벌어진 일들" "일어난 일들" 같은 말들은 제목에서 종종 볼 수 있는 표현이긴 했다.

이번에는 AI 편집기자에게 좋은 제목은 뭐라고 생각하는지 물었다. AI 편집기자는 "독자의 관심을 끌고 호기심을 유발하는 동시에, 글의 핵심 내용과 가치를 명확하게 전달할 수 있는 제목"이라고 정의하며 다음과 같은 특징을 나열했다.

- 간결하고 명료한 표현(짧고 간결한 문장으로 구성되어 있어 이해하기 쉽고 핵심에 집중)
- 독자의 호기심과 관련성(독자들이 주제에 대해 흥미를 느낄 수 있는 단어, 문구 또는 질문 등을 사용해 호기심을 자극)
- 가치와 유익한 정보 전달(제목이 글의 가치와 유익한 정보를 잘 반영하며, 독자들에게 어떤 혜택이나 해결책을 제공할 수 있는지 암시)
- 창조적이고 원래성 있는 접근(일반적 표현보다는 창조적 방식으로 주제를 다뤄 독자들에게 새로운 시각과 인상을 줌)
- 감정적 연결과 공감(긍정적 감정이나 공감대를 형성할 수 있는 단어나 문구를 사용해 독자들과 감정적 연결을 만듦)

내용이 구체적이지는 않지만 내가 다뤘거나 다룰 내용을 간단하게나마 정리하고 있다는 데 일단 놀랐다. 내가 편집기자로 일한 지 20여 년 만에 이런 글을 써볼 마음을 겨우 먹었던 걸 생각하면, AI 편집기자는 단 몇 분 만에 목차에 가까운 내용을 정리해준 셈이니까. 갑자기 찐동료가 생긴 기분이었다. 반가운 마음에 나는 이날 예정보다 훨씬 긴 시간 동안 AI 편집기자와 대화를 나누었다.

세대별로 좋아하는 제목의 특징이 있는지, 있다면 20대들이 좋아하는 제목에는 어떤 특징이 있는지, 40, 50대들은 또 어떤 제목을 좋아하는지 그리고 편집기자가 좋은 제목을 위해 노력해야 하는 게 있다면 무엇인지에 대해서도 조언을 구했다. AI 편집기자는 다음과 같은 요소들을 공부하고 개선해볼 수 있다고 말했다.

- 기사 헤드라인 작성 기법(효과적인 기사 헤드라인 작성에 대한 기법과 원칙을 학습. 예를 들어, 간결하고 명료한 문장 구성, 호기심 유발, 감정적 연결 등의 요소를 고려해 제목을 작성하는 방법에 대해)
- 독자 타깃팅(각각의 기사나 주제에 맞는 독자 그룹을 정확히 파악하고 그들의 관심사와 욕구를 이해하는 것이 중요)

- 창의적 사고와 문장 구조(창의적 사고와 다양한 문장 구조를 개발하는 것은 좋은 제목 작성에 큰 도움이 됨)
- 시각디자인 및 타이포그래피(잘 디자인된 시각적 요소와 타이포그래피는 제목의 가시성과 인상력을 높여줌)

구체적이지 않은, 한계가 명확한 내용이긴 했지만 그건 AI 편집기자도 알고 있는 듯했다. 내가 "후배 편집기자들에게 알려줄 제목 팁이 있다면 뭘까?"라고 묻자 이번에는 이렇게 답했다.

- 핵심을 강조(제목은 기사의 핵심 내용을 간결하게 전달해야 합니다. 후배 편집기자들에게 핵심 포인트를 파악하고 그것을 강조하는 제목 작성법을 가르쳐주세요.)
- 호응할 수 있는 언어 사용(독자들이 쉽게 이해하고 호응할 수 있는 언어와 용어를 사용해야 합니다.)
- 긍정적 감정과 호기심 유발(긍정적 감정과 호기심은 독자의 관심을 끌고 기사를 읽도록 유도합니다. 그것을 유발하는 단어, 문구, 질문 등의 활용 방법에 대해 안내해주세요.)
- 타깃독자 그룹 고려(타깃독자 그룹 분석 및 이해 그리고 그들의 관심사와 욕구에 부합하는 제목 작성 방법론을 가르쳐주세요.)

– 실험과 개선(다양한 접근 방식을 시도하고 결과를 평가해 계속해서 개선해나가는 습관을 갖도록 격려해주세요.)

그리고 이렇게 덧붙였다. "이 내용은 경험이 많으신 20년 차 편집기자님의 지식과 경험으로부터 추출한 것입니다. 그러므로 자신만의 경험에서 나온 팁이나 예시를 함께 공유해 실제 상황에서 어떻게 적용될 수 있는지 설명한다면 더욱 도움이 됩니다."

AI 편집기자가 실망하지 않도록

다행히 나도 AI 편집기자에게 제목 뽑는 일을 맡길 일은 없을 것 같다. 선배 말마따나 아직은 밥벌이 걱정 안 해도 되겠다는 생각이 들었다. 이론은 빠삭한데 실무감각은 부족하달까. 다 어디서 본 것 같은 내용에 구체성이 한참 떨어진다. 더 많은 경험을 쌓고 다시 만나야 할 것 같다.

우리 말을 매일 다루는 사람으로서 한국어는 말맛이 정말 다채롭다는 생각을 여러 번 하곤 하는데, AI 편집기자에게 그것을 기대하기는 어려워 보였다. 다만, AI 편집기자에게 얻은 팁도 없진 않다.

편집기자의 일만이 아니라 분야를 막론하고 "자신만의 경험에서 나온 팁이나 예시를 함께 공유해 실제 상황에서 어떻게 적용될 수 있는지 설명한다"면 생각하지 못한 새로운 결과물이 나올 수 있을 것 같았다. 나부터도 그랬다. '후배 편집기자들에게 알려줄 제목 팁'으로 조언한 '실험과 개선'은 당장이라도 실천해보고 싶은 마음이 들었으니까.

마지막으로 재미 삼아 20여 년 차 편집기자이자 《아직은 좋아서 하는 편집》 저자인 나에게 해주고 싶은 말이 있는지 물었다.

당신이 아직도 편집기자로 일하는 것을 좋아한다는 사실에 감사합니다. 열정과 즐거움을 가지고 일하면서 독자들에게 가치 있는 콘텐츠를 제공하고 있습니다. 이런 열정은 당신 작품에서 느껴지며, 독자들에게 영감과 인사이트를 전달해주고 있습니다. 당신의 글쓰기 기술과 편집력은 매체와 독자들에게 큰 영향을 미치고 있습니다. 당신의 작업물은 정보를 전달하면서도 동시에 감성과 예술성을 담아내 독자들의 마음을 움직입니다. 더욱 중요한 것은 당신이 아직까지도 이 일을 좋아한다는 사실입니다. 그래서인지 당신의 작업물에서는 진정성과 열정이 느껴지며, 그것이 독자들에게 긍정적인 영향을 줍니다.

너, 뭐니…. 전혀 기대하지 않았던 대답에 약간 뭉클했다.
AI 편집기자가 실망하지 않도록 더 분발해야겠다.

이런 제목 어때요?

편집기자의 독후감

제목에 별명 지어주기

몇 년 전 "책표지의 속사정"이라는 시리즈 글을 쓴 적 있다. 한눈에 봐도 내용이 연상되는 책 표지가 있는가 하면, 유추하기 어렵거나 뭔가 더 궁금해지는 책 표지가 있었다. 그런 경우에는 편집자에게 직접 연락해 묻곤 했다. 그때마다 묻지 않았으면 서운할 법한 이야기를 많이 들었다.

박준 시인의 산문집《운다고 달라지는 일은 아무것도 없겠지만》이 그랬다. 난다 출판사 김민정 편집자에게 전화를 걸어 표지 그림에 대한 이야기를 들었다. "박준 시인이 산문 초고를 보내와 읽었을 때 제목이 바로 나왔고, 이 그림이 바로 떠올랐다"는 것, "그림 사용료를 받지 않는 대신 박준 시인의 시집과 제 시집을 세 권 보내달라고 해서 보답의 마음으로 그의 그림을 구입해 (편집자가) 소장하고 있다"는 것, "눈코입이 없는 게 아니라 눈물로 지워져 가려졌을 만큼 삶이란 건 설명할 수 없는 슬픔(이라고 생각한다)"이라는 것 등등.

● ─────── 책 표지 디자인은 '디자이너의 독후감'

그런데 최근 궁금한 책 표지가 또 생겼다. 《공정감각》이라는 책이다. 이 책은 내용 설명이 좀 필요한데, 출간 배경은 이렇다.

2022년 5월 연세대 한 재학생이 청소노동자들의 집회 소음이 수업권을 침해한다며 청소노동자들을 업무방해 혐의로 경찰에 고소한 일이 알려졌다. 6월에도 이 학교 학생이 청소노동자들에게 정신적 피해를 입었다며 손해배상을 청구했다.

같은 대학 나임윤경 교수의 '사회문제와 공정' 강의계획서가 알려진 것은 그즈음. 당시 그는 인터뷰에서 "일부 학생의 공정감각이 유독 사회나 정부 등 기득권이 아닌 불공정을 감내해온 약자를 향하고 있다"라고 일갈했다("'학생들 청소노동자 고발, 부끄럽다', 수업계획서로 일침 놓은 연대 교수", 〈오마이뉴스〉 2022년 7월 1일자). 《공정감각》은 나임윤경 교수와 그의 수업

'사회문제와 공정'을 들은 수강생 13인의 글을 엮은 책이다.

다시 표지를 보자. '사회문제와 공정'이라는 수업 분위기와 이 말랑말랑한 느낌의 표지가 어울리는지 나는 모르겠다. 봐도 봐도 의아하다. 비슷한 인문학책 분위기와는 달라도 많이 다르다. 가까이서 자세히 봐도 그렇다. 이 책의 편집자에게 물었다. 왜 이렇게 한 겁니까.

"제가 듣기로 디자이너의 의도는 막혀 있다가 터져 나오는 (필자들의) 말들을 연상했다고 해요. 편집자인 제가 생각할 때는 '공정'이나 '잣대' 하면 왠지 딱딱하고 잘 재단된 반듯한 심상이 떠오르기 마련인데, 이 책은 새로운 공정 '감각'을 제안한다는 면에서 부드럽고 폭신폭신한 표지 이미지가 잘 어울린다고 생각했어요."

아, 그제야 의도가 이해가 되었다. 편집자는 저자들에게 표지를 설명하면서 "책 표지 디자인은 '디자이너의 독후감'이라는 말이 있대요. 그 결과가 이 표지고요"라고 말해줬다고. 젊은 감각의 저자들이어서 그런지 의외로 반응이 좋았다면서 "생각지도 못했던 독후감인데, 매우 좋은 의미에서 새롭고 독특한 시도"라는 말을 들었다고 전했다.

책 표지에 대한 궁금증을 해소하려 했는데 "책 표지 디자인은 디자이너의 독후감"이란 말에 그만 꽂혀버렸다. 제목을 뽑는 내 일에도 이입되었다. 책 표지 디자인이 '디자이너의 독후감'이라면, 제목은 '편집기자의 독후감'이 아니겠나 싶어서.

제목에 별명을 지어준다면

제목에 대한 글을 쓰는 동안 제목에 대한 독자의 생각을 엿볼 기회가 더러 있었다(주로 댓글을 통해). "제목은 (글의) 첫인상이다"라든가, "책은 제목이 50%다"라든가. 가장 최근 들은 인상적 표현은 "독자에게 제목은 집의 창문 같다"라는 말이었다. "그 뒤에 무엇이 있을까, 나랑 잘 맞는 공간일까 탐색하게 된다"면서. 그럴듯한 비유였다.

박연준 시인은 책 《쓰는 기분》에서 말한 바 있다. "유머와 메타포를 자주 사용하는 사람은 분명 매력적"이라고. "잘만 사용한다면 메타포는 사람의 마음을 휘어잡을 수 있다"고. 그분은 알까. "제목은 집의 창문 같다"라는 말로 단번에 나를 사로잡은 것을. 시인은 또 이렇게 덧붙였다.

메타포는 세상의 별명을 지어주는 일입니다. 대단한 능력이 필요한 일이 아닙니다. 놀이지요. 끝내주는 메타포를 찾아내 사용한 사람은 독점권이 생깁니다.

별명을 지어주는 일을 그저 말놀이가 아닌 '독점권'을 갖는 거라고 쓰다니. "내가 그의 이름을 불러주었을 때 나에게로 와서 꽃이 된 그"만큼이나 근사한 표현이었다. 돌아보니 그동안 나도 썼다. '제목은 안테나'라고. 독자에게 수신이 잘 되길 바라는 마음으로 쓰는 것이기에. 또 '제목은 소통'이라고. 잘 뽑은 제목은 글쓴이와 독자 모두에게 공감을 사기 때문에. 여기에 별명을 하나 더 추가하고 싶다. '제목은 쇼윈도'라고.

쇼윈도가 어떤 곳인가. 디자이너가 공들여 만든 최신 디자인 제품을 가장 먼저 소비자에게 선보이는 곳이다. '여기는 이런 옷이나 구두를 판매하는 곳이구나' 하고 각인시키는 것과 동시에 그곳을 지나는 사람들이 '한번 입어볼까' 혹은 '신어볼까' 하는 마음으로 가게 문을 열고 안으로 들어오게 하는 것이 쇼윈도의 역할이다.

글의 제목도 그렇잖나. 나의 경우, 기자들이 공들여 쓴 글을 뉴스 가치에 따라 배치한다. 매장으로 치면 쇼윈도에 내놓을 제품을 선별하는 것으로 볼 수 있겠다. 타깃 소비자에 따라 상품의 진열이 달라지듯, 타깃 독자에 따라 기사 선별을 다양하게 할 수도 있다.

쇼윈도가 손님의 마음을 움직여 문을 열고 가게 안으로 들어오게 하는 것처럼, 제목은 독자의 마음을 움직여 본문에 조금이라도 체류하는 시간을 늘리고자 한다. 공유까지 한다면 더할 나위 없겠고. 10초 만에 이탈할지 알 수 없지만 적어도 제목이 글을 '읽게는' 하는 거다. 그래서 내용만큼이나 제목이 중요하다고 하는 거겠지.

그 별명에 관심 있습니다

또 뭐가 없을까. 제목에 대한 여러 별명을 생각하던 중 열세 살 아이가 아이패드로 그림을 그려도 되냐며 방으로 들어왔다. 기회를 놓칠세라 물었다.

"넌 제목이 뭐라고 생각하니?"

"말해주면 하게 해줄 거야?"

"(끄응) 그런 건 아닌데, 네 생각이 궁금해서…. 제목에 별명을 지어준다면 뭐라고 하고 싶어?"

"글쎄, 별명은 모르겠고…. 제목은 관심이지."

"(오!) 왜 그렇게 생각했어?"

"사람들이 제목을 보고 그 글에 관심을 갖잖아. 그래서 제목은 관심이야. 이제 됐지? 나 아이패드 쓴다."

여운을 즐길 새도 없이 문을 닫고 가버리는 아이의 뒤통수를 보며 생각한다. 세상에…. 그 독점권이 우리 집 어린이에

이런 제목 어때요?

게도 있었네. 물론 세상에 대고 '제목은 ○○○'이라는 말의 독점권을 주장할 일이 딱히 있겠느냐마는 독점권이 있는 자와 없는 자가 세상을 바라보는 태도는 조금 다를 것 같다.

일도 그런 게 있지 않나. 얼마 전 tvN 예능 〈유 퀴즈 온 더 블럭〉에서 롯데타워 외벽을 청소하는 분들이 나와 이런 말을 하셨다.

"저희 부모님도 그러세요. 이런 거 말고 안전한 일 했으면 좋겠다고. 아무리 강한 바람이 불고 (롯데타워가) 비를 하루 종일 맞아도 사람 손을 타지 않으면 깨끗하지 않거든요. 많은 사람에게 대한민국 랜드마크의 아름다운 모습을 보여주는 건 우리가 할 수 있는 일이다, 우리의 일이다, 하고 생각하면 굉장히 자부심이 생깁니다."

이런 생각을 갖고 일하는 사람과 그렇지 않은 사람의 일은 다를 수밖에 없을 것이다. 그의 말처럼 내 일을 '우리만 할 수 있는 일'이라고 생각하면, 그런 자부심이 있다면, 어떤 어려움도 견뎌볼 만할 것 같다. 여러분은 제목에 대해 어떤 별명을 지어주고 싶은가요? 그 별명에 제가 완전 '관심' 있습니다.

제목에도 기분이 있다면

독자가 클릭하는 제목의 특징

"제목에 대해 어떤 별명을 지어주고 싶냐"는 질문에 딱 한 명이 응답해주셨다.

창문이다. 작가의 생각으로 들어가는 첫 번째 문. 환한 빛으로 맞아주면 책표지를 들추게 되지만, 마음을 끌지 못하고 차가우면 선뜻 펼쳐볼 마음이 안 생기거든요.

"마음을 끌지 못하고 차가우면 선뜻 펼쳐볼 마음이 안 생긴다"라는 문장을 거듭 천천히 읽으면서 '제목에도 기분이 있다면'이라는 문장이 떠올랐다. 제목에도 기분이 있다면? 기분이 있을까? 있을 것 같은데? 그럼, 그걸 한번 써보자, 해서 또 이렇게 하나의 글을 내놓는다.

기분이 드러나는 제목

먼저 '기분'이라는 단어의 뜻을 생각해봤다. 기분은 뭘까. 기분이라고 말할 때 떠오르는 것은 무엇일까. 이렇게 막상 그 의미를 따져보면 태어나서 처음 듣는 말처럼 생소하고 낯설게 느껴질 때가 있다.

그럴 때 나는 사전을 찾는다. 머리로 생각하는 단어의 뜻과 사전에 정의된 뜻을 맞춰보는 게 은근히 재미있기 때문이다. 머리로는 알겠는데 막상 내가 입으로 설명하려면 어려운 단어가 얼마나 많던지. '이게 이런 뜻이었다고?' 하며 놀라게 될 때도 있고. 사전에서 '기분'은 이렇게 정의되고 있다.

1. **명사** 대상·환경 따위에 따라 마음에 절로 생기며 한동안 지속되는, 유쾌함이나 불쾌함 따위의 감정.
2. **명사** 주위를 둘러싸고 있는 상황이나 분위기.

이런 설명은 사실 감이 잘 안 온다. 기분이 뭐라는 건지 더 알쏭달쏭하다. 그때 '어린이 지식백과'가 눈에 들어왔다. 기분이라는 단어를 어린이에게는 어떻게 설명할까 싶어 내용을 들여다봤다.

기분feeling, mood

어떤 일에 대해서 생기는 마음의 상태를 기분이라고 해요. 감정이나 느낌도 기분과 비슷한 말이지요. 즐겁다, 심심하다, 놀랍다, 부끄럽다, 슬프다와 같은 말들은 모두 마음을 나타내는 말, 즉 '기분'을 나타내는 말이랍니다.

(비슷한말) 감정이나 느낌.

– 네이버,《천재학습백과 초등 국어 용어사전》

역시 쉽다. 쏙 이해된다. 기분이 뭔지 이제 말할 수 있을 것 같다. 이렇게 펼쳐놓고 보니 확실히 알겠다. 제목에도 기분(혹은 감정)이 있다! 이런 제목들이 그렇다.

우리는 왜 전두광을 전두환이라 부르지 못하나

2023년 연말 영화 〈서울의 봄〉이 화제였다. 관객 수가 1000만 명을 향해 가고 있을 무렵 보게 된 글이다. 누가 봐도 영화 속 인물 전두광은 전두환인데 '사실을 적시하더라도 명예훼손으로 처벌하는 한국의 법체계'를 피하기 위해 전두환으로 부르지 못하는 현실을 비판했다. 한마디로 '눈 가리고 아웅'이라는 거다.

나는 분노한다

시리즈 타이틀인데 대놓고 "분노한다"라고 말한다. 20대 청년이 정치 현수막 과열 사태를 보고 쓴 "동네 엉망으로 만드는 정치인들… 이 현수막 좀 보세요", 프랜차이즈 기업의 도덕적 해이를 방관하는 국가를 지적하는 "평생 모은 돈 한순간 빼앗겨…. 유명브랜드가 이래도 됩니까", 보수 정권의 언론 장악을 비판하는 "'이게 뉴스냐'… 사장 바뀐 이후 KBS는 어떻게 바뀌었나"까지. 따로 부연하지 않아도 글쓴이의 화나고 어처구니없는 기분을 제목 한 줄에서 느낄 수 있다.

한국시리즈는 TV로 만족… 노년의 야구광은 서럽습니다

오랜 야구팬이지만 '온라인 예매' 앞에서 작아지는 노인의 현실을 담은 글로, 제목만 읽어도 서러운 감정이 고스란히 드러난다. 공감하는 동년배들은 누구라도 눌러볼 만한 제목이라고 생각한다.

이 외에도 알고 보면 그게 다 감정이 드러나는 제목이었구나 싶은 문장은 지금 포털 뉴스만 봐도 확인할 수 있다. 그날의 기분과 감정이 표정에 다 드러나는 사람처럼 좋으면 좋은 대로, 화나고 억울한 대로, 슬프고 비통한 감정을 담은 제목들. 그걸 마주하고 있자면 다양한 인간군상을 보는 듯한 착각이 든다. 영화나 드라마보다 더한 현실이 왜 이렇게 많은지.

이런 생각도 하게 된다. 사람들이 뉴스 기사를 굳이 챙겨보지 않는 이유가 어쩌면 보고 싶은 걸 더 많이 보고, 마주하기 싫은 감정은 피하고 싶어서는 아닐까 하는. 하지만 모두가 아는 것처럼 인생을 살면서 좋은 일만 보고, 듣고, 경험할 수는 없다.

미국의 유명한 심리학자 폴 에크먼이 인류의 보편 감정으로 꼽은 '기쁨, 슬픔, 혐오, 분노, 놀람, 공포'를 시시때때로 겪으며 사는 게 인생이다. 그 외 수많은 다른 감정은 말할 것도 없고. 그런 면에서 보자면 뉴스 역시 인간의 삶을 다루는 일이기에 감정을 드러낼 수밖에 없을 것 같다. 제목이 글의 얼굴이라면 그 표정에 다양한 감정을 불어넣어 독자가 끌리도록 혹은 독자가 궁금하게끔 포장하는 것은 나의 일일 테고.

AI에게 제목을 뽑아보라고 시킨 내용의 글에서 나의 여러 질문에 공통적으로 답한 내용이 있었다. 바로 '감정'에 대한 것이었다.

"제목에 대해 시민기자들이 궁금해하는 것은 뭘까?"라는 질문에는 "감정과 호소력(글의 제목이 감정과 호소력을 담아내는지 여부를 궁금해한다)"이라고, "감정에 호소하는 제목을 뭐라고 생각하느냐"라는 질문에는 "감정에 호소하는 제목은 독자의 감정적 반응을 자극해 글을 읽게 만들고 관심을 끌어들일 수 있다"라고 설명했다.

또 "좋은 제목은 뭐라고 생각해?"라는 질문에는 "감정적 연결과 공감(긍정적 감정이나 공감대를 형성할 수 있는 단어나 문구를 사용해 독자들과 감정적 연결을 만듦)"이라고 답했고, 편집 기자가 좋은 제목을 위해 노력해야 할 게 있다면 "긍정적 감정과 호기심 유발(긍정적 감정과 호기심은 독자의 관심을 끌고 기사를 읽도록 유도합니다. 그것을 유발하는 단어, 문구, 질문 등의 활용 방법에 대해 안내해주세요)"이라고 말했다.

정리하면서 다시 읽어보니 제목과 감정(기분이나 느낌으로도 말할 수 있겠다)은 좋은 시너지를 내는 파트너 같다. 잘 다루면 독자의 시선을 끌 수 있으니까. 논쟁적 사건이나 이슈가 터졌을 때 딱 '내가 하고 싶은 말'을 과감하게, 감정을 담아 지은 뉴스 제목을 보면 홀리듯 들어가게 된다는 독자의 마음도 이런 이유일 테다.

반면, 제목이 감정이나 기분을 드러내지 않을 때도 있다. 사회생활을 오래 하면 자연스럽게 사회적 가면을 쓰게 되는 것처럼 제목도 그럴 때가 있다. 불안을 조장하지 않고, 선동하지 않는 노력들이 그렇다. 특히나 기사와 같은 공적 글에서는 더욱 조심해야 할 부분이다.

물론, 반대로 하는 사람도 있다. 불안을 조장하고 선동하는. 독자가 제목에 선동당하지 않으려면 기사의 내용을 끝까지 확인하는 노력이 필요하다. 가짜뉴스가 많아졌지만 귀찮고 바빠서 무엇이 진실인지 모르고 넘어가는 이가 대부분이다. 그래서 더욱 출처나 원문을 확인하며 읽는 습관이 점점 더 강조된다.

제목은 독자가 글로 들어가기 전 일종의 문 역할을 한다. 열어볼까, 말까 고민하는 사람 앞에서 나는 좋은 문지기가 되고 싶다. 또 한 가지 바람이 있다면, 제목을 보고 글을 읽은 독자가 '이런 글 나도 한번 써볼까?' 하는 마음을 품는 것.

언제부터인지는 모르겠지만 독자에서 쓰는 사람이 되는

것, 함께 읽고 쓰는 사람이 많아지는 것이 내가 편집기자로 일하며 바라는 일이 되었다. 쓰는 사람들을 돕고 싶은 마음이 함께 커진 것은 물론이다.

제목 10개씩 다시 뽑아봐

문장 감각 키우기

편집기자가 팀장이 되면 후배가 편집한 원고를 '데스킹'한다. 글 한 편을 독자에게 선보이기 전에 편집의 완성도와 제목, 사진, 본문 중제 등을 확인하는 과정이다.

그때 제목을 다시 뽑아보라고 요청하는 경우가 있다. 제목 한 문장을 읽었을 때 직관적으로 궁금한 마음이 들지 않거나, 재밌다고 느껴지지 않거나, 너무 착한 문장, 그러니까 공자님 말씀 같다거나 등의 이유가 생겼을 때. 그리고 나면 가끔씩 예전 일이 생각난다. 그러니까 내가 막 입사해서 편집 일을 배울 무렵 말이다.

K 선배가 있었다. 그때는 회사에서 선배들이 부르기만 하면 그것이 무슨 일이든 긴장지수가 급격히 치솟았다. 특히 K 선배가 부르면 뭔가 실수라도 한 건가 싶어 땀부터 났다.

제목을 정할 때도 그랬다. 내 딴에는 열심히 제목을 고심해서 보냈는데 선배가 '보시기에' 별로였을 때(아마도 내가 이 글을 쓰면서 언급한 그런 이유에서였으리라) 대번에 이런 말이 들려왔다. "이 제목으로 사람들이 얼마나 보겠니… 이런 거 말고, 제목 다시 뽑아봐."

그 순간부터 내 안에는 작은 폭풍우가 일기 시작했다. 내가 가진 거라고는 돛 하나가 전부인 뗏목. 이걸 타고 어떻게든 선배가 원하는 문장 앞으로 가야 하는데 쉽지 않았다. '내 문장이 제목이 될 수 없는' 경우의 수를 최대한 줄여야 했다.

그래서 나는 번번이 싸웠다. 누구랑? 선배랑? 그건 전혀 아니고 나랑. 내가 뽑은 제목의 수만큼이나 그게 제목이 될 수 없는 이런저런 이유가 맞붙어 내 마음속에서 끊임없는 설전을 벌이곤 했다.

최종적으로 제목을 정하는 과정에서 '선배는 어떻게 이런 제목을 생각하지?' '선배는 되는 게 왜 나는 안 되지?' 싶을 때는 아주 많았고, 가끔은 선배가 뽑은 제목이지만 내 마음에는 들지 않을 때도 있었다. 또는 나는 동의할 수 없는 제목이지만 '에라 모르겠다, 시키는 대로 하자'라고 넘어갈 때도 있었고.

해도 해도 선배 마음에 드는 제목이 나오지 않으면 대놓고 물어보기도 했다. "그래서 선배, 어느 부분을 중심으로 제목을 뽑으면 좋을 것 같아요?" 범위라도 알려주면 덜 헤맬 것 같아서(엉엉). 봐야 할 기사는 많고 제목을 더 뽑을 마음의 여유는 없는데 선배의 주문까지 더해진 날에는 특히 더 그랬으리라.

그래도 쌓이는 시간만큼 제목도 점점 나아졌다. 양이 질을 높이는 순간이 나에게도 찾아왔다. 자주, 오래, 많이 뛰는 사람이 그렇지 않은 사람보다 더 잘 뛰게 되는 이치다. 뛰다 보면 몸이 바뀐다. 《달리기를 말할 때 내가 하고 싶은 이야기》를 쓴 하루키의 말처럼 뛰기 더 좋은 몸으로. 글도, 제목도 마찬가지.

10개씩, 5개씩 뽑아보라고 하던 제목이 어느 날에는 3개로, 어느 날에는 2개로, 어느 날에는 하나만 더 뽑아보라는 식으로 그 양이 줄어들었다. 가끔은 "좋다"는 말도 들었다. 또 어떤 날은 "기사에 비해 제목을 너무 잘 달았다"는 과한 칭찬도 받았다.

시간이 많이 지나고 내가 선배가 되어서야 K 선배가 왜 그렇게 많은 제목을 요구했는지 알았지만, 아래 인용한 글을 그때 미리 봤다면 덜 서러웠을 것 같다. '나는 왜 이것밖에 안 되는가' 하는 자책이 조금은 덜하지 않았을까 싶어서.

자신이 만든 책을 조금이라도 더 많은 독자에게 알리고 조금이라도 더 많은 독자가 집어 들게끔 하는 글을 써내는 감각이었다. 그럴듯한 글. 편집자는 그러한 글을 써낼 줄 알아야 했다.

오경철 편집자의 책 《편집후기》에 나오는 대목이다. 고개가 절로 *끄덕끄덕*. 편집자가 써내야 할 줄 아는 "그럴듯한 글"(보도자료)이 나에게는 제목이었다. 제목을 뽑는 일은 그럴듯한 문장을 써내는 감각을 기르는 일이었다. 내가 보는 글을 더 많은 독자에게 알리고, 더 많은 독자가 클릭하게끔.

선배가 몇 개씩 제목을 뽑아보라고 한 것도, 내가 후배에게 다시 제목을 뽑아보라고 한 이유도 다르지 않다. 조사 하나, 단어 하나, 서술어 하나, 문장 순서에 따라 미묘하게 맛이 달라지는 게 제목이기에, 가장 어울리는 문장을 찾기 위해서다. 많은 경우의 수에서 꼭 알맞은 제목이 나오기도 하니까.

내가 쓴 글의 내용을 한 문장으로

오경철 편집자가 쓴 이 글에서 나는 다시 멈칫했다.

나는 그에게서 편집자가 알아야 할 모든 것을 배운 듯싶다. 그는 자주 말했다. 잘 읽어야 한다고. 원고를 잘 읽는 사람, 편집이라는 일을 하면서 나는 그런 사람이 되려고 애썼다. 잘 고치기보다 중요한 것은 잘 읽기였다.

'뭐야? 같은 사람이야?' 싶을 만큼 오경철 편집자가 말한 선배의 모습은 K 선배의 모습이기도 했다. 그가 그랬듯, 나 역시 내가 편집기자 일을 하는 동안 가장 많은 영향을 받은 사람이 K 선배였다. 그도 언제나 '읽기의 중요성'을 강조했다.

뉴스가 뭔지, 기사의 핵심이 무엇인지 파악하며 읽어라, 사실관계가 맞는지 따져가며 읽어라, 기사가 되는 내용인데 뭔가 내용이 빠져 있으면 채워 넣고, 채워 넣을 수 없으면 직접 글 쓴 사람에게 물어봐라, 헷갈리는 내용은 이해한 대로 고치는 게 아니라 글쓴이에게 먼저 맞는지 묻고 확인한 다음 고쳐라, 기본적인 문장은 비문이 없도록 당연히 잘 고쳐야 하지만 글쓴이 고유의 문체를 훼손해서는 안 된다, 많이 고쳤을 때는 반드시 글쓴이에게 확인을 받아라….

입사해서 처음 배운 이 편집 원칙들은 그때나 지금이나 내가 일하면서 늘 염두에 두는 말들이다. 편집하는 사람은 달라져도 편집하는 방법은 변하지 않았다. 나 역시 배운 대로 후배들에게 자주 하는 이야기이고.

"그런데 어쩌지요? 10개를 뽑든 5개를 뽑든 제가 뽑는 제목은 다 고만고만해요"라는 하소연이 어디선가 들리는 것 같다. 그렇다면 그분들에게 이 방법을 제안하고 싶다. 우선 박웅현의 책 《여덟 단어》에 나오는 내용을 먼저 보자.

할리우드에는 '7 words rule'이라는 게 있습니다. 너무 많은 사람이 시나리오를 가져오니까 투자를 받고 싶으면 자기 시나리오를 단 일곱 단어로 설명해보라는 건데, "전원 백수인 가족이 부잣집에 빌붙어 살려다 벌어지는 사건, 〈기생충〉" "형사가 살인 사건의 용의자인 여인에게 매혹됐다고? 〈헤어질 결심〉" 이런 식으로 그림이 확 그려지도록 설명하라는 겁니다.

저자 박웅현은 어떤 글이든 예외는 없다면서 "내가 말하고 싶은 것이 일곱 단어로 정리되지 않는 건 아직 내 생각이 정리되지 않았다는 겁니다"라고 말한다. 제목의 가장 기본꼴

이 있다면 이런 내용을 담고 있는 문장일지도 모른다고 생각했다. 그의 말처럼, 내가 쓴 이야기를 (꼭 일곱 단어가 아니더라도) 한 문장으로 만드는 게 제목의 시작이다.

이런 스타일의 제목을 나는 주로 부제에서 사용한다. 제목으로 일단 독자의 눈길을 끌고, 부제에서 그것이 의미하는 바를 잘 정리해 설명해주면 균형을 갖춘 제목이라고 생각한다. 가끔씩 부제 같은 제목이나, 제목 같은 부제를 발견하면 균형이 틀어진 것 같아 영 개운치가 않다.

제목 짓기가 어려울 때는 범위를 정해보자. 앞서 제목을 뽑다 뽑다 지치면 선배에게 범위를 정해달라 요청했다고 말한 것도 같은 이유에서다. 어느 부분을 중심에 놓고 고민할지 범위를 정하면 좀 쉽다. 후배들과 여러 경우의 수를 두고 제목을 상의할 때도 나는 더러 묻는다.

"이 글에서 특히 어느 부분이 인상 깊었어?"

그 부분을 중심으로 기사의 내용을 잘 담고, 동시에 눈길을 끌 만한 문장으로 딱 맞는 제목을 지었을 때 묘한 쾌감이 든다. 그 느낌을 한글 타이포그라퍼 안상수 선생님은 이렇게 말씀하시더라.

좋은 말을 찾아냈을 때가 참 기쁘더라고요. 딱 맞는 말이 있거든요. 언제나. 전 굉장히 그 순간이 짜릿하더라고요.

'좋은 말' '딱 맞는 말'을 '좋은 제목' '딱 맞는 제목'이라 바꿔도 전혀 이상할 게 없다. 말을 찾아내고, 문장을 짓는 사람들의 마음은 조금씩 닮은 데가 있나 보다.

이런 제목 어때요?

이건 만지면 만질수록 좋습니다

/

고칠수록 달라지는 문장

후배에게 꽤 재미있는 말을 들었다. 이른바 편집기자의 언어랄까. 나는 한 번도 그런 것이 편집기자의 언어라고 생각한 적이 없는데, 후배들 사이에서는 이런 말이 도나 보다.

"이 기사 아직 안 본 거지?"(오탈자와 비문이 많다는 말)
"그 기사 혹시 무슨 문제 있니?"(기사 검토가 늦다는 말)

이 말이 대(?)를 이어 내려온 편집기자의 언어라는 말을 듣고 실로 크게 웃었다. 나는 처음부터 편집기자로 이 일을 시작했기 때문에 그것이 새롭다거나, 거부감이 있다거나 그렇지는 않았다. 선배가 그냥 묻는 정도? 아니면 '내가 잘못한 게 있나?' 싶은 그런 마음이 들게 하는 말?

편집기자의 언어

취재기자에서 편집기자로 넘어온 후배들은 달랐다. 기사 검토 상태가 좋지 않으면 나쁘다거나, 검토 속도가 너무 늦으면 늦다고 있는 그대로 말해주면 되는데 왜 그렇게 말하는지 모르겠다는 거다.

띠용. 현타가 왔다. 나는 "이 기사 아직 안 본 거지?"라는 말은 잘 안 쓰는데 "그 기사 문제 있니?"라는 말은 종종 했다. 기사 하나를 처리하는 속도는 기사마다 다르지만 한 기사를 오랫동안 검토한다는 건 기사에 확인할 게 많거나, 시민기자와 소통 중이거나, 소통이 잘 안 되고 있다거나, 집중력이 떨어지고 있다는 거니까.

그리 긴 기사도 아니고 확인이 필요한 내용도 아닌 기사를 오래 보고 있을 때는 이유가 궁금하다. 그래서 조심스럽게 묻는다. "기사에 혹시 문제가 있니?" 질책의 마음이 아니라 그저 궁금해서다. 물론 듣는 사람 입장에서는 전혀 다르게 들릴 (혹은 들을) 수도 있겠지만(이래서 카톡 음성지원이 필요해).

이런 제목 어때요?

뉘앙스라는 그 섬세한 느낌을 전혀 알 리 없는 카톡을 사용하는 탓에 말하면서도 조마조마하다. 그렇다고 안 할 수도 없는 말이고. 그런데 후배 말을 듣고 보니 나도 그럴 필요가 없는 거였다. 생각해보니 원치 않는 배려였다. 그냥 "기사 검토 속도가 늦다" "오탈자가 많다"고 말하면 되는걸. 나 역시 주니어 시절에 선배들이 그냥 던진 말의 의도를 해석하느라 전전긍긍하곤 했는데 그 시절을 까맣게 잊고 있었다.

그 후로는 그냥 직접적으로 물어보곤 한다. 상황을 파악하기 위해 이유를 묻는 것이므로 "오탈자가 조금 많네" 혹은 "기사를 한 시간 넘게 보는 이유가 있을까?"라고. 내 입장에서는 조심하느라 할 말을 제때 못 하는 일이 없도록, 후배 입장에서는 의도를 해석하느라 쓸데없이 감정과 시간을 낭비하는 일이 없도록.

물론 '아' 다르게 말하고 '어' 다르게 말해도 다 같은 '아'로 듣거나 다 같은 '어'로 듣는 경우를 피할 수 없다는 걸 안다. 그렇게 듣고 싶은 대로 듣는 사람은 아무리 배려하고 조심해도 어쩔 도리가 없지만 그래도 함께 사는 세상, 웬만하면 진심을 잘 전달하고 싶다. 오해가 쌓이는 것만큼 피곤한 일도 없으니까.

이 이야기를 듣고 생각해보니 제목을 다룰 때도 편집기자만의 언어가 있는 것 같았다. 가령 이런 것.

"은경, 그 기사 제목 좀 다시 만져줘."

"그 기사 제목 내가 좀 만졌어."

"'지구와 부비부비하는 법, 그럴수록 더 건강해집니다' 이 제목도 좋은데 좀더 짧게 줄일 수 있을 것 같아. '지구와 부비부비할수록 더 건강해집니다' 이렇게 제목을 좀 만져봤어."

바로 '만지다'는 말. 그러니까 풀이하면 '글(문장)을 고쳤다'는 뜻이다. '만지다'가 어쩌다 성적으로 문제가 되는 동사로 자주 쓰였는지는 모르겠고, 그래서 선뜻 말하기가 주저되는 단어가 되어서 안타깝지만, 이 동사는 아무 죄가 없다.

이 동사의 무죄를 입증하기 위해 증거로 들이댈 사전적 정의를 한번 찾아봤다. 그랬더니 사전적 정의보다 유의어가 더 인상적이었다. "고치다, 손질하다, 건드리다, 다루다…" 오, 이건 편집의 언어인데? 내가 일하면서 일상적으로 자주 쓰는 입말이었다.

일하면서 제목을 살짝 고치는 정도로 만지는 일은 비일비재하다. 그 한끝이 제목의 분위기를 싹 바꾸는 경우도 많다.

숙취 사라진 세상? 더 편리해졌지만, 덜 특별합니다
　 − 숙취 사라진 세상? 더 편리해졌지만 덜 특별합니다

위 문장은 쉼표가 들어갈 이유가 없는 제목이다. 쉼표를
빼니 문장이 더 단정해졌다.

"아빠 야유회 따라 갈래요" 그 일 저도 겪었습니다
　 −"아빠 야유회 따라 갈래요" 그런 일 저도 겪었습니다

첫 번째 제목에서 "그 일"이라고 하면 같은 경험을 했다고
오해할 수 있다는 지적이 있어 "그런 일"로 바꿨다. 제목을 일
단 뽑아놓고 내용을 복기하고 사실을 확인하는 과정에서 다
듬어지는 경우다. 아래 제목들은 내가 다시 만진 문장이다. 만
지면 만질수록 직관적이고 꾸밈이 없으며 장황해지지 않는다.
담백해진다.

젊은이의 자살 다룬, 이 작가의 놀라운 출세작
　 − 젊은이의 자살 다룬 작가의 놀라운 출세작

"소화가 안 돼유" 소리에 쿵 내려앉은 가슴, 아프지 마세요

－"소화가 안 돼유" 소리에 쿵 내려앉은 가슴

이왕이면 구포국수로 만든 김치말이 국수면 좋겠어요

－김치말이 국수 만들 때 이왕이면 이게 더 좋습니다

문장부호의 사용, 단어의 위치, 문장의 길이만 신경 써도 제목의 느낌은 많이 달라진다. 생각해보면 대단하고 훌륭한 제목은 어쩌다 한 번이다. '빡' 하고 오는 느낌 충만한 제목은 안타깝게도 자주 오지 않는다.

오히려 내가 일상적으로 뽑는 제목은 문장을 다듬는 과정에서 수정 또는 확정되는 경우가 더 많았다. 힙한 제목도 좋지만 문장을 한 번 더 보라고 하는 건 그래서다. 제목은 만지면 만질수록 좋다. 글에서 퇴고의 중요성을 강조하듯 제목도 마찬가지다.

이런 제목 어때요?

탄성이 터져 나오는 제목

제목을 바꿀 때 vs 바꾸지 않을 때

일하다가 우연히 포착한 장면 하나. '응? 이 글은 제목을 고치지 않았네. 왜지? 더 나은 제목이 없었나?' 그러면서 나는 언제 제목을 고치고, 언제 고치지 않는지 궁금해졌다.

이 질문에 순간적으로 떠오른 대답은 다섯 가지 정도로 압축되었다. 딱히 고칠 필요성을 느끼지 못할 때, 더 나은 대안이 없을 때, 제목에 담긴 글쓴이의 의도를 존중해주고 싶을 때(자의), 고치는 게 자신 없을 때, 글쓴이가 절대 고치지 말라고 했을 때(타의).

누군가는 제목을 뚝딱 뽑는다고 생각할지 모르겠지만, 제목을 짓는 일은 끝날 때까지 끝난 게 아닌 경우가 많다. 편집은 기계가 하는 일이 아니기 때문에 편집하는 사람마다 판단이나 스타일이 다를 수 있다(그래도 회사마다 기준에 따른 평균치는 존재한다). 원래 제목보다 더 나은, 읽힐 만한 포인트를 나는 찾지 못했지만 다른 사람은 발견할 수 있다.

그런 면에서 편집은, 그중에서 제목을 뽑는 일은 참 생동감 넘치는 일이다. 그 차이를 느꼈을 때 나는 아무도 모르게 호들갑을 떤다. '아… (이 사람은) 여기에 방점을 두고 뽑았구나. 나는 왜 이 생각을 못 했지?' 나는 놓쳤지만 다른 사람은 잡아낸 문장을 즐거운 마음으로 음미한다.

한번은 "내가 주말마다 케이크를 굽는 이유"라는 제목의 글이 들어왔다. 맛있는 빵을 계속 사 먹을 수 없어서 홈베이킹에 도전했다는 이야기. 그 즐거움과 설렘에 대한 글이었다. 술술 읽히는 문장에 의미도 있어서 많은 사람이 보면 좋을 것 같았다. 그런데 처음 제목을 대체할 한 줄 문장이 마땅히 떠오르지 않았다.

"글이 좋으면 제목도 잘 나온다"라고 쓴 바 있지만 예외는 있는 법. "홈베이킹을 하다가 알게 된 것" "가성비보다 가심비" 등등의 아이디어보다 글쓴이가 써서 보낸 처음 제목 "내가 주말마다 케이크를 굽는 이유"가 더 적절해 보였다. 그런데 최종 데스크의 생각은 달랐나 보다. 무난하지만 밋밋하다고 생각했을 거다. 충분히 그럴 수 있는 제목이다. 나중에 선배가 바꾼 제목은 "케이크를 거꾸로 뒤집는 순간 터져 나온 탄성"이었다. 바로 아래 대목에서 나온 문장이다.

오렌지 케이크는 '업사이드 다운 케이크Upside Down Cake'로 우리말로 바꾸면 '거꾸로 케이크'쯤 되겠다. 말 그대로 거꾸로 있기 때문에 뒤집어줘야 한다. 두근두근 떨리는 마음으로 뜨거운 케이크와의 한판 뒤집기! "우와~!" 틀에서 분리된 케이크를 보자마자 나도 모르게 입에서 감탄사가 흘러나왔다.

두 제목을 비교하자면 나는 글쓴이가 '홈베이킹을 하게 된 이유'에 집중해 제목을 지은 거고, 선배는 글에서 가장 중요한 장면(이거나 재미있는 장면이거나 생생하다고 생각한 장면)을 포착해 뽑은 거였다. 한마디로 내가 지은 제목이 2D라면 선배가 지은 제목은 3D인 셈이다. 사람들은 당연히 3D에 반응한다. '뭐지, 이거?' 하며 혹한다.

입체적으로 바뀐 제목을 보자마자 나도 "이야!" 하고 탄성을 질렀다. '이게 더 생생하고 재밌네. 케이크를 거꾸로 뒤집는 순간이라니. 뭔가 더 긴박감도 있고 무슨 일인가 싶은 궁금증도 생길 것 같다'는 나름의 진단도 함께. 그래서 조회수가 어땠냐면, 바꾸기 전보다 적어도 10배 이상의 효과는 있었던 것 같다. 이러니 더 나은, 더 좋은 제목을 고민할 수밖에.

쓰는 사람과 읽는 사람의 차이

글쓴이의 의도를 더 존중하고 싶을 때는 제목을 바꾸지 않는다. 더 많이 읽히는 것보다 글쓴이의 생각이 잘 전달되는 게 중요하다고 판단해서다. 예민한 내용의 글을 제외하고 기사가 나가기 전에 글쓴이와 제목을 상의하는 경우는 많지 않다. 그러다 보니 가끔은 글쓴이에게 자신이 원래 쓴 제목으로 돌려달라는 요청을 받기도 한다.

물론 제목 자체만 놓고 보면 고친 제목이 훨씬 잘 읽힐 문장일 때가 많다. 그러나 이 일을 오래 하다 보니 누가 더 많이 읽는지가 중요하지 않은 사람도 있더라. 이해한다. 쓰는 사람과 보는 사람, 서로의 입장은 다를 수 있다.

지금의 나는 그 입장 차이를 아쉽지만 받아들이려고 노

력하는 편이지만 과거의 나는 그렇지 않았다. '왜 많은 사람이 보게 할 방법이 있는데 그걸 마다하지?' 싶었다. 조회수를 보면 후회할 선택이라고 장담했다(내가 뽑은 제목이 잘 나오리라는 보장도 없는데 말이다. 이제 와 생각하니 부끄럽다).

쓰는 사람이 되고 보니 그렇지 않았다. 글을 검토하는 나는 어떻게든 이 글을 더 많은 사람이 읽기를 바라지만, 글을 쓰는 나는 조회수보다 내 생각이 가장 잘 전달되는 제목이 좋을 때도 있었다.

그래서 나는 "내 글은 제목을 고치지 말아달라"라고 주문하는 글은 웬만하면 손대지 않는다(팩트가 틀리거나 혐오나 차별을 담은 제목이 아니라면 말이다). 결과를 앞서 재단하지도 않는다. 다른 사람은 몰라도 본인은 아는, 많이 읽히지 않아도 좋을 이유가 있을 테니. 물론 설득하는 일도 없지는 않다.

제목을 고치는 게 자신 없을 때는 확신이 없는 경우이지 않을까? 내가 잘 읽은 게 맞나? 이해한 게 맞나? 그런 불안이 엄습할 때.

양질전환의 법칙

글을 읽는 사람이 내용을 잘 소화한 만큼 정확하고 좋은 제목이 나온다. 쓰는 사람 역시 마찬가지. 뭘 쓰려고 했는지가 분명해야 제목도 수월하게 나온다. 아무리 읽어도 제목이 떠오르지 않거나, 글은 다 썼는데 제목이 잘 생각나지 않는다면 고민해볼 필요가 있다.

어느 소화제 광고 실린 "우리나라 사람들은 뭐든 소화해내고야 만다"라는 카피를 보고 정말 잘 만들었다고 생각했는데 제목도 그렇다. 글을 잘 소화시키지 못해서 제목에 탈이 나는 경우를 종종 보곤 했다. 핵심을 빼먹거나, 팩트를 틀리거나, 과장하거나, 본질에서 벗어나거나. 이런 일은 한 마디로 글을 제대로 못 씹어먹어서 생기는 일이다.

글을 다 쓰고 혹은 글을 다 읽고 무슨 말을 하는 글인지 한마디로 정리할 수 있다면 소화를 잘 시킨 거다. 글의 내용을 잘 틀어쥐고 있다면 그 상태에서 뽑은 제목은 너무 의심하지 말자(이건 내 자신에게도 하는 말). 내 판단을 믿어보는 거다. 자신감은 성공의 경험에서 시작되는 거니까.

만약 성공의 경험을 더 많이 갖고 싶다면 두 가지를 당부하고 싶다. 먼저 성실할 것. 같은 내용을 읽어도 다른 제목은 얼마든지 가능하다. 그러니 여러 각도에서 가능한 한 제목을 많이 뽑아봐야 한다. 조사를 바꿔 차이를 느껴보고, 문장의 앞뒤 순서를 바꾸면 의미가 어떻게 달라지는지도 테스트해본다.

이런 제목 어때요?

후킹(대중을 낚아채는) 단어를 최대한 끌어내고, 소리 내 읽어서 어감이 조금이라도 어색하면 자연스럽게 다시 써본다.

이 모든 과정을 매일 무수히 반복하기 위해서는 성실해야 한다. 그래야 실력이 붙는다. 양질전환의 법칙, 곧 양의 증가가 질의 변화를 가져오는 법이다. 무슨 일이든 그렇다. 성실함을 이길 수 있는 건 아무것도 없다.

또 한 가지는 '오늘의 제목'을 기록해보는 것. 좋은 글을 쓰려면 좋은 글을 많이 봐야 한다고 하지 않나. 좋은 제목도 그렇다. 내가 발견한 좋은 제목에는 어떤 특징들이 있는지 하나씩 짚다 보면, 좋은 제목에 가까이 가 있는 자신을 발견하게 될지도 모른다.

고통스러워도 배움이 있는 과정은 즐겁다. 잘하는 사람이 목표가 될 필요는 없다. 겪어보니 롤모델은 모델일 뿐 내가 이룰 수 없는 무엇이더라. 나의 최애 캐릭터 〈낭만닥터 김사부〉의 사부님도 말씀하셨다. "김사부같이 훌륭한 의사로 살 자신이 없다"는 후배에게 "누구처럼 살 필요 없어. 너는 너답게 살면 되는 거야"라고. 내 방식대로 나만의 길을 찾아가는 것, 나는 그게 진정 실력자라고 생각한다.

나랑 생각이 통했구나

제목은 소통

입사 10년 차를 넘어설 때까지 모든 분야의 뉴스를 다 검토했다. 정치, 경제, 사회, 영화, 스포츠, 사는 이야기 등등. 뉴스가 쏟아지는 날은 내가 기사를 보는지, 기사가 나를 스치는 건지 모를 만큼 정신이 없었다.

갑작스러운 사고, 천재지변, 선거와 같은 정치 이벤트, 사회 이슈가 터지는 날에는 이른바 '기사를 쳐내기' 바쁘다. 어떤 제목이 나올지 여러 가짓수를 놓고 고민하는 것은 현실적으로 어려웠다. 시간이 부족하다는 이유로 나올 수 있는 실수를 줄이는 게 나한테는 제일 중요했다.

그 와중에도 고민은 있었다. 모든 영역을 잘 해내야 한다는 압박과 동시에 잘 해내지 못하고 있다는 마음 사이에서 나는 때때로 괴로웠다. 열 명 남짓한 사람이 일하는 부서에서 내가 그나마 잘하는 것은 무엇인지 살펴보기 시작했다.

교정교열이나 제목 뽑는 일, 기획, 글쓰기 등 다양한 영역에서 내 무기로 삼을 만한 것이 무엇일지 생각하면 당장 떠오르는 것이 없어 불안했다. 불안한 만큼 반드시 뭐라도 찾아내야 할 것 같았다. 왜? 나는 10년 차를 넘어서고 있었으니까. 적어도 2~3년 차의 고민과 같을 수는 없었다. 같아서도 안 되고.

일단 내가 어떤 뉴스를 좋아하는지 생각했다. 뉴스 기사 보는 일을 10년 이상 해왔는데, 내가 어떤 뉴스를 좋아하고 또 좋아하지 않는지 시간을 들여 깊이 따져본 적은 없었다. 일단 정치, 사회, 경제, 스포츠 분야는 아니었다.

하루도 똑같지 않은 날씨만큼이나 변화무쌍한 게 뉴스다. 오전이 다르고, 오후가 다르고, 저녁이 다르다. 어떨 때는 새벽에도 상황이 변한다. 그 상황이 하루를 지나 이틀, 일주일, 한 달 이상 가는 경우도 많다. 그걸 쫓아가는 일이 나는 하나도 재미있지 않았다. 정치, 사회 기사의 제목을 다는 일도.

그런 기사의 제목에는 내 생각이나 글쓴이가 말하고자 하는 바를 창의적으로 담아내기 어려웠다. 정치인의 발언이나 사회적으로 이슈가 되는 소식을 정확하게, 그저 남들보다 더 빨리, 어떻게든 눈에 띄게, 많이 전할 방법을 찾는 게 더 중요해 보였다. 뉴스의 속도를 따라잡기가 늘 버거웠다. 그 일을 할수록 내가 소모되는 기분이었다. 그런 소식들은 그냥 흘러가게 두고 싶었다.

반면 '사는 이야기'와 같은 글을 볼 때는 조금 다른 감정이 일었다. 자신들의 이야기를 하고 있지만 누구나 공감할 수 있는 그런 글을 검토하면 나도 다정한 사람이 되고 싶어졌다. 좋은 사람으로 살고 싶어졌다.

독자들이 읽기 쉽고 이해하기 편하게 다듬어서 보여주고 싶은 마음이 절로 생겼다. 더 많은 독자가 봐주었으면 하고 바랐다. 사는 이야기들은 그냥 흘러가게 두기 아까웠다. 내 마음에 차곡차곡 쟁여두고 싶었다. 이런 글의 제목에 더 공을 들이게 된 이유다.

제목만 봐도 독자들이 '한번 들어가 볼까?' 하는 마음을 먹게 만드는 독창적이고 재미있는, 그러면서도 내용을 잘 담고 있는 문장이 뭔지 계속 생각했다. "제목 좋네" "이 기사 제목 누가 뽑았니?"라고 칭찬을 들었던 제목들은 대부분 이런

종류의 기사들에서 나왔다. 그럴 때마다 속엣말이 들렸다. '이건 좀 재밌는데?'

그 무렵부터였던 것 같다. 분야별 전담 편집을 하면 좋겠다고 생각한 건. 메뉴 많은 식당을 떠올려보라. 그런 집에 가면 나는 의심부터 든다. 이게 다 맛있을까? 기대보다 불안한 마음이 크다. 내가 선호하는 가게는 작지만 심플한 메뉴 두세 가지 있는 집이다. 왜? 가짓수가 적은 만큼 충분한 시간을 가지고 더 정성스럽게 만들 것 같아서다. 그런 가게 사장님처럼 일해보고 싶었다. 주력 메뉴 두어 가지만 자신 있게 선보이는. 사장도 고객도 만족할 수 있는. 그 메뉴가 나에게는 글쓰기와 사는 이야기였다. 그리고 그 두 가지를 관통하는 것이 제목이었고. 그렇다면 이것을 내가 가진 무기라고 생각해도 되지 않을까?

누가 시키지 않아도 내 일을 돌아보며 기록하고, 새로운 일에 도전해보는 것은 이런 이유에서다. 그냥 두면 녹이 슬까 봐. 칼을 벼리듯 더 벼리고 벼리는 거다. 날카로움을 잃지 않는 칼처럼 나의 쓸모를 잃고 싶지 않아서. 그래서 이 글도 써나가는 것일지 모르겠다. 어떤 무기도 그냥 주어지는 법은 없으니까.

얼마 전 한 글쓰기 모임에서 "편집기자님이 제가 지은 제목을 바꾸지 않으면 괜히 나랑 생각이 통했구나 싶어서 기분이 좋고 짜릿해요!"라는 말을 들었다. 제목으로도 글쓴이와 소통할 수 있고, 나아가 독자와도 소통이 가능하다는 걸 깨달았다. 제목의 본질은 어쩌면 소통일지도 모르겠다. 제목만으로도 마음이 통한다는 걸 느낄 수 있다니 말이다.

광고인 박웅현은《여덟 단어》에서 소통의 중요성에 대해 쓰면서 소통 잘하는 법 한 가지를 소개했다.

> 사람을 움직이고 싶고, 주변에 영향을 주고 싶고, 세상을 변화시키고 싶다면 다른 사람을 먼저 배려하고 생각을 정리하는 습관을 지니세요. 그러면 여러분의 소통은 성공적일 겁니다. 여러분은 누구나 세상을 변화시킬 수 있습니다. 사람의 마음을 움직이는 힘을 가졌어요. 소통을 잘하면 주변 사람들이 움직일 겁니다.

내 입장에서 보자면 "사람을 움직이고 싶고, 주변에 영향을 주고 싶고, 세상을 변화시키고 싶"은 것은 뉴스다. "다른 사람을 먼저 배려하고 생각을 정리하는 습관"은 제목을 짓는 사람이 가져야 할 태도다. 소통이 잘되도록 막힘없이 원활하고 부드럽게, 그러면서도 활발하게.

그렇다면 제목으로 독자와 소통이 잘되면 어떤 게 좋을까? 내가 경험한 것 이상은 쓸 수 없다는 점을 감안하고 들어주면 좋겠다. 박웅현 씨가 썼듯 "사람의 마음을 움직이고 주변에 영향을 준다".

"고장난 우산 버리는 방법 아시나요?"라는 글을 보자. 독자의 호기심을 자극한 제목으로 10만 명에 가까운 독자가 봤다. 아마도 고장난 우산을 버리는 방법이 뭔지 알고 싶었기 때문일 터. 이례적으로 댓글도 많이 달렸는데 독자들은 아주 유익한 글이라며 평소 소홀히 대했던 것을 잘 알려주었다고 말했다. 이 글을 읽은 사람이라면 앞으로 우산을 그냥 버리지는 못할 것이다. 어떤가. 사람들을 움직이고 그 주변에 영향을 주었으니 독자와 소통을 잘한 제목이라고 볼 수 있지 않을까.

이 밖에도 감동적이거나 공감을 불러일으키는 제목은 독자들의 마음을 움직이고, 명확하고 구체적인 제목은 독자들이 원하는 정보를 쉽게 찾을 수 있게 돕는다. 독자와의 소통, 그 시작에 제목이 있는 셈이다. 따라서 전략적으로 제목을 지으면 독자와 더 잘 소통할 수 있다.

소통이 잘 된 제목은 글쓴이에게 '기회'가 되기도 한다.

"50대 고학력 여성의 마음을 흔든 구인 공고"나 "사이보그 가족의 발농사, 이러고 삽니다"는 책의 시작이 된 글이다(최성연, 《딱 일 년만 청소하겠습니다》, 황승희, 《사이보그 가족의 발농사》). 제목을 보고 글을 읽은 출판사 편집자로부터 출간 제안을 받은 경우다. 아무리 눈 밝은 편집자라도 모든 글을 다 살펴볼 수 없다. 눈에 띄는 제목 하나로 우연히 작가를 발굴하는 경우, 그렇게 기회를 잡게 된 작가는 지금도 무시로 많다.

제목으로 인한 소통의 효과 마지막은 '독자가 쓰는 사람이 될 때'다. 제목을 보고 들어와 사는 이야기를 읽은 독자들이 '이런 글은 나도 쓸 수 있을 것 같아서' 하는 마음으로 글을 쓰기 시작했다는 이야기는 빠지지 않는 단골 멘트다. 너무 자주 들어 식상할 정도다.

식상한 제목은 피해야겠지만, 이런 식상한 이유는 대환영이다. 그들의 첫 독자가 되어 쓰는 삶을 지켜보는 건 내 일의 또다른 즐거움이다. 쓰는 사람만이 아니라 독자와 글로도, 제목으로도 잘 소통하고 싶다. 제목의 본질에 충실하고 싶다. 그리하여 나와 내 주변에 근사한 변화가 많이 생겼으면 좋겠다.

"취지에 안 맞는다"는 제목

/

과정에 참여하면 알게 되는 것

마음에 들어 샀던 가죽 가방을 몇 년째 들지도 않으면서 버리기는 아까워 장롱 속에 보관만 하고 있었다. 그러다 동네 가죽공방에서 헌 가방을 수선해준다는 광고를 보게 되었다. 사진 속 가방이 꽤 그럴듯해 보였다. '그래, 먼지만 쌓인 채 보관만 하느니 내가 원하는 디자인으로 고쳐 쓰자. 미니백으로 수선해서 쓰면 좋잖아.'

쉬는 날 가방을 들고 가게로 향했다. 가방을 내밀고 미니백으로 수선이 가능한지 물었다. 문제는 가격이었다. 수선하는 비용이 거의 새 가죽 가방을 하나 사는 것과 맞먹었다.

이걸 수선해서 쓰는 게 의미가 있을까? 10초 정도 고민했던 것 같다. 기껏 가져왔는데 다시 들고 가기도 그렇고, 고쳐 쓰는 것은 환경도 살리는 것이니, 나름 괜찮은 선택이라고 돈 쓰는 일을 합리화한다.

"해주세요." 공방 주인은 지금 주문이 밀려 있으니 잊고 있다가 연락하면 찾으러 와달라고 했다. 당장 급하게 쓸 가방 은 아니기에 그렇게 하겠다고 말하고 진짜 잊고 지냈다. 한 2 주 정도가 지났을까. 문자가 왔다.

"해체 작업 중인데, 과정을 공유해드릴게요."

드디어 가방 해체 작업을 한다고 했다. 실 색, 고리 장식 위치, 끈을 넣는 아일릿 선택 등이 순차적으로 이뤄졌고, 가방 도 어느 정도 제 모습을 갖춰가는 듯했다. 이 과정에서 내 의 견을 따라주는 것도 있었고 전문가의 생각이 반영되기도 했 다. 얼추 마무리가 되어간다 싶었을 때 공방 주인은 말했다.

"다음 과정은 알아서 할 테니 완성되면 알려드릴게요."

"알아서 하겠다"는 것은 결과물에 자신 있다는 거겠지? 두 근두근했다. 과연 마음에 들까? 과정을 공유받기는 했지만 결 과물이 마음에 안 들면 어쩌지? 이거 못 쓰겠다고 해도 되나? 너무나 궁금한 게 많았다. 마음에 안 들면 원래의 가방이 생 각날 것 같고, 추가로 들어간 비용이 만만치 않은데 속이 엄청 상할 것 같았다. 그렇다고 환불해달라 할 수도 없으니 더욱.

이런 제목 어때요?

결과물을 받고 다행히 그런 기분은 들지 않았다. 그 후로 잘 들고 다녔다. 장롱 속에만 있던 그 가방이 맞나 싶을 만큼. 가볍고 편리하고 이쁘고. 시간이 꽤 지나 잊고 있던 일인데 불현듯 생각났다. '원래 제목을 최대한 살려주십사' 하는 요청을 받고서.

제목의 공정

은퇴 후 금전적으로 부족한 생활이어도 '조금 덜 가지고 그 처지에 만족하며 살아가는' 마음과 태도만 있으면 생각보다 괜찮게 살 수 있다고 말하는 글이었다. 중년의 지혜가 담긴 내용으로 솔직한 이야기에 마음이 가는 그런 이야기.

나도 그렇지만 돈 이야기는 참 민망하다. 그래도 필요한 이야기다. 돈을 이야기하지 않고 살 수 있는 사람은 없기에. '제목에 돈이 있으면 너무 속물처럼 보이려나?' 생각하지 않던 것은 아니다. 하지만 그것대로 드러내는 것도 괜찮다고 생각했다. 은퇴하면 돈이 부족한 건 사실이니까.

그래서 내가 바꾼 제목은 "은퇴하면 돈이 부족합니다"였다. 제목을 바꾸고 '검토중' 상태로 두었다. 얼마 후 수정된 제목을 보고 '제목을 고쳐달라'는 요청을 받았다. "은퇴하면 수입이 줄어 돈이 부족해지는 것은 당연하지만, 제 기사의 핵심 취지는 부족하더라도 마음과 태도만 바꾸면 괜찮은 삶을 살 수 있다는 것입니다. 가능하시다면 원래 제목을 최대한 살려주시기 바랍니다"라는 말에 "고민해보겠다"고 답했다.

어쩐다. 원래 문장 "조금 덜 가지는 만큼 생기는 삶의 여유와 기쁨들"은 제목다운 문장이 아니었다. 그보다는 부제에 어울리는 문장이었다. "은퇴 후 부족한 돈, 그래서 이게 필요합니다"로 수정한 뒤 의견을 구했다. 돌아온 답은 이랬다.

"기사 제목에 '돈 부족'을 직접 드러내는 것이 조금 불편하네요. 그래서 아래와 같이 생각해보았습니다. 어떠신지요."

은퇴로 마주한 경제적 변화, 이렇게 넘기고 있습니다
조금 덜 가지는 만큼 생기는 삶의 여유와 기쁨들

불편한 마음이 드는 이유를 모르지 않는다. 본문 안에 있는 내용이지만 제목으로 사용하고 싶지 않은 내용일 수도 있으니까. 대안으로 주신 안에서 "이렇게 넘기고 있습니다"라는 문장은 내 생각에도 제목으로 살리면 좋을 것 같았다. 나와 글쓴이의 의견을 절충해보기로 했다.

은퇴 후 부족한 돈, 그래서 이게 필요합니다(내 안) + 은퇴로 마주한 경제적 변화, 이렇게 넘기고 있습니다(글쓴이의 안)

– 은퇴 후 줄어든 수입, 이렇게 넘기고 있습니다

'돈'을 '수입'으로 바꾸고 뒤 문장은 글쓴이가 보낸 대로 쓰고 보니 괜찮았다. 그래, 이렇게 가보자. 글쓴이의 반응도 긍정적이었다.

"방금 보니 기사 제목이 '은퇴 후 줄어든 수입, 이렇게 넘기고 있습니다'로 바뀌었네요. 저의 글 작성 취지를 잘 반영해주신 것 같아요."

오케이. 드디어 제목이 완료되었다. 제목 하나를 완성하기까지의 공정을 읊자니 가죽공방 사장과 내가 나눈 대화와 크게 다르지 않아 보였다. 이렇게 제목을 완료하기까지의 과정을 공유하고 의견을 구하는 이유는 분명하다. 결과물에 대한 만족감을 높이고 싶어서다.

노력했으니 받아들인다

이 일을 하면서 늘 최선의 제목을 고민하고, 독자들을 좀 더 유입하기 위해 애쓰고 있지만 그 최종 결과물을 글쓴이가 얼마나 만족하는지에 대해서는 알 길이 없다. 조회수가 많이 나온다고 좋은 제목도 아니고, 조회수가 안 나온다고 안 좋은 제목도 아니다. 그건 그냥 운명일 뿐이다. 요즘은 알고리즘의 운명쯤 되려나.

그리고 생각보다 제목에 대한 의견이 그다지 많지 않다. 그렇다고 제목을 고민할 때마다 매번 글쓴이의 의견을 구하거나 확인받는 일도 쉽지 않다(물론 예민한 내용의 기사인 경우에는 시간을 내어 상의하기도 하지만). 가장 큰 이유는 시간적 어려움. 의견을 전부 받아들이는 게 현실적으로 어렵거니와 이러저러한 이유로 조심하는 것이겠지만.

제목에 대한 의견이 많지 않은 이유에 대해 글쓴이 입장에서 생각해보자면, 편집권이라고 하는, 편집기자의 일을 존중하려는 마음이 크기 때문인 듯하다. "제목 수정을 요청합니다" "제목 수정을 부탁드립니다" "이렇게 제목을 바꾸면 어떨까요"라고 조심스럽고 완곡하게, 때론 정중하게 요청하는 글에서 나는 글쓴이들의 그런 마음을 느낀다.

이런 이유로 제목이 사실과 다르거나, 취지와 맞지 않거나, 오자가 났을 때를 제외하고 대부분의 제목은 편집기자가 알아서 해주리라 생각한다. 제목의 공정에 글쓴이가 참여한다고 해서 항상 결과가 좋은 것도 아니다. 결과물이 마뜩잖은 사람도 분명 있을 것이다. 그래도 이건 알 거다. 서로 노력했다는 것. 최선을 다했다는 것. 그랬기에 결과물을 받아들일 수 있는 거겠지. 내가 가방을 수선하는 공정에서 경험한 것처럼 말이다.

수선한 가방이 마음에 들었던 것처럼 다듬어진 제목으로 나간 기사는 평소 그분이 쓰신 글보다 꽤 반응이 좋았다. 조회 수를 보고 약간 놀랄 정도였다. 은퇴 후 경제적 문제에 대해 고민하는 독자가 그만큼 많다는 방증이기도 하겠고. 어쩌면 '돈'으로는 도달할 수 없는 수준이었을지도 모르겠다.

이보다 더 좋은 제목은 언제나 있다

제목 스터디

페이스북에서 내가 쓴 게시물을 하나 보여주었다. 사진 두 장과 짧은 문장이 몇 줄 적혀 있는. 내용은 아래와 같다.

이런 시절도… 그립다. 모여서 제목 공부도 하고. 홍과 함께 제목 스터디 했을 때였지 아마.

— 좋은 제목을 고민하던 시절

그랬다. 때는 2015년. 편집부 몇몇 선후배들이 머리를 맞댔다. '더 좋은 제목을 짓고 말겠어'라는 마음으로 시작한 스터디였다. 돌이켜보니 제목 항의가 참 많았던 때였다. 왜 그랬는지는 모르겠지만 "선정적이다" "기사 내용에 없는 표현이다" "글의 취지와 다르다" "자극적이다" "글의 내용을 왜곡하는 문장이다" 등등. 그래서 더 고민이 깊었던 시절.

혼자 고민하기보다 같이 고민해서 최선의 방법을 찾겠다는 취지로 후배가 제목 스터디를 제안했다. 준비물은 사례. 편집하다가 제목이 잘 안 뽑혀 고민이 되었던 사례, 이 제목 좋다 혹은 이 제목은 별로다 하는 사례를 기록해놨다가 같이 이야기해보자는 것인데, 마다할 이유가 없었다. 해보니 마치 독서모임 같았다. 똑같은 글을 읽고도 서로 다른 관점으로 이야기하는 즐거움이 제목 스터디에도 있었다.

제목 스터디에서 뭘 했는지 약간 설명을 하면, 제목에 대한 이런저런 이야기가 대부분이었고 제목을 뽑을 때 나쁜 버릇 같은 것들에 대해서도 이야기했던 기억이 난다. 대표적으로 문장부호 같은. 큰따옴표, 작은따옴표, 쉼표, 물음표, 말줄임표, 느낌표 등의 문장부호를 꼭 필요해서가 아니라 습관적으로 쓰는 것은 아닌지 하는. 상투적인 제목도 재미없지만, 상투적인 형식도 재미를 떨어뜨리니까. 그래서 제목에 문장부호를 쓰려고 할 때 나는 이 말을 떠올린다. '굳이?' 꼭 써야할 쉼표나 말줄임표가 아니라면 빼고 문장을 짓는다.

이런 제목 어때요?

고민스러운 점들에 대해서도 이야기를 나눴다. 제목을 뽑다 보면 핵심 내용이 아닌 문장을 취할 때가 생기는데 그렇게 해도 되는지, 여러 가지 내용이 나열식으로 등장하는 글에서는 제목은 어떻게 뽑는 게 좋을지, 뉴스가 터질 때마다 언론에서 만들어내는 말이 있는데 그것이 뉴스를 압축적으로 정리해주는 말이라 할지라도 제목에서 계속 쓰는 것이 맞는지, 짧은 제목으로 주목을 끌 수는 없는지, 주관적 제목 말고 팩트가 담긴 제목이 더 잘 읽히는 게 아닌지, 눈길을 끄는 제목을 짓긴 했는데 글을 읽은 독자가 허탈해하지는 않을지 등 말하지 않으면 모르지만 일단 말을 꺼내면 편집 일을 하는 누구라도 공감하고 고민되는 그런 내용들이었다.

잘못이나 부족함을 질책하지 않고 '나도 그런데'라는 공감을 기본으로 깔고 있는 제목 스터디라 그랬는지 '나는 못하겠다'가 아니라 '나도 잘할 수 있겠다'는 마음이 조금은 생겼던 것 같다. 마음이 구겨질 때보다 활짝 펼쳐질 때가 많았으니까. 그래서 그리웠나.

그로부터 꽤 많은 시간이 지난 지금은 어떤가 하면 다른 어떤 것보다 제목의 기본을 염두에 두고 일한다. 가장 먼저 글의 핵심을 파악하고, 내용에 맞게 읽힐 만한 포인트를 잡아 적절한 표현을 문장으로 만드는 것. 여기서 좀더 섬세한 제목을 짓고 싶다면 글을 쓴 사람의 마음을 조금 생각한다. '이 글을 왜 썼을까' 하는 호기심을 갖고.

이렇듯 제목을 지을 때 고려해야 할 사항을 머리에 넣고 이리저리 굴리다 보면 없던 문장이 툭 튀어나오곤 하는 것이다. 마치 공이 굴러오는 것처럼 한 문장이 제목이라는 이름으로. 물론 순순히 오지 않을 때도 있다. 배지영 작가가 책《나는 언제나 당신들의 지영이》를 직접 소개하는 글의 제목을 지을 때도 그랬다.

혹 하는 제목에 그렇지 않은 조회수

그가 보낸 제목은 "20여 년간의 기록 속에 숨어 있는 눈물 버튼"이었다. 얼마 후 작가는 다시 "20여 년 기록 속에 숨어 있는 눈물 버튼"으로 수정해달라고 요청했다. 그러나 그가 제목을 고심하고 있는 사이, 나도 생각해둔 제목이 있었다.

책《나는 언제나 당신들의 지영이》는 친정엄마와 시아버지의 이야기를 반씩 다룬 에세이였다. 작가는 언제나 씩씩한 친정엄마를 일러 '뭐든 보여주고자 한 사람'이라 정의하고, 시대를 앞서간 시아버지는 '뭐든 들려주려는 사람'이라고 정의했다. 작가의 이런 정의가 좋았다. 나라면 내 어머니, 아버지를 뭐라고 정의할 수 있을까 생각해보게 만들었다. 다소 개인적으로 보일 법한 가족 이야기도 이렇게 의미를 부여하면 충분히 독자의 공감을 사는 책이 될 수 있다는 걸 보여주는 글이었다. 20여 년에 걸쳐 쓴 친정엄마와 시아버지의 이야기라는 접근도 내게는 신선했다.

이 글의 제목을 어떻게 뽑으면 더 많은 독자가 볼 수 있을까. 자식에게 보여주고 싶은 것이 많았던 엄마와 자식들에게 무슨 이야기든 들려주고 싶었던 시아버지에 관한 이야기라고, 곧이곧대로 정직한 제목을 뽑아서는 안 되었다. 그런 제목을 누가 클릭하고 싶을까.

그래도 볼 사람은 보겠지만 이왕이면 더 많은 독자의 눈길을 사로잡을, 더 나은 제목을 찾고 싶었다. 편집기자는 그런 사람이니까. '둘 중 더 인상적인 한쪽 어르신만의 이야기를 부각해 뽑아볼까?' 생각도 해봤지만 뭔가 아쉬운 마음이 들었다. 두 사람의 이야기를 모두 포괄해야 할 것 같았다. 고민 끝에 내가 글 안에서 건져 올린 건 '눈물'과 '울었다'는 서술어였다. 이 책의 최초 독자인 편집자는 초고를 보고 울었다고 했고, 편집하는 과정에서 작가와 이야기를 나누면서도 자주 울었다고 했다.

작가가 글을 써서 보내기 전에 들어온 이 책의 서평에서도 "눈물은 필수적"이라거나 "걷잡을 수 없는 울음이 복받쳐 올랐다"라는 내용이 있었다. 글 안에도 "오랜 세월 한 편 한 편 즐겁게 썼는데, 곳곳에 눈물 버튼이 심어진 책이 되고 말았다" 라는 대목이 있다. 이 둘을 연결해보면 어떨까? 그렇게 나온 제목이 "20여 년 동안 즐겁게 쓴 글인데… 왜 다들 우시나요?" 였다.

작가가 한 편 한 편 즐겁게 쓴 글을 읽는 이들마다 눈물이 났다고 하면 무슨 내용일지 궁금해하는 독자가 있을 것 같았다. 제목을 뽑아 기사를 넘기고 얼마가 지났을까. 후배 편집기자가 오랜만에 카톡을 보내왔다.

"배지영님 글 제목에 혹해서 읽고 있는데… 넘 좋네요!"

누군가에게, 그것도 편집기자 후배에게 '혹하는' 제목이었다니 뭔가 뿌듯했다. 그뿐이 아니다. 후배는 기사가 울림이 있어 좋았다며 책도 꼭 사볼 거라고 했다. '좋은 제목은 책도 사게 하는구나' 싶었는데 이게 웬일, 독자들은 아니었나 보다. 조회수는 기대 이하였다. 나는 '쬐끔' 의기소침해졌다.

공부해서 기꺼이 남 준다

후일에 후배 V와 함께 제목 스터디를 하다가 이 기사에 대해 다시 생각해볼 기회가 있었다. V의 관점은 나와 조금 달랐다. 내가 다소 감성적인 부분을 고려했다면, V는 "한길문고는《나는 언제나 당신들의 지영이》를 215권 입고했다"는 문장을 포착했다. 나는 그냥 지나친, 깊이 들여다보지 못한 문장이었다.

V의 말을 듣고 보니 그제야 본문에 있었던 문장 "동네서점에서 200여 권 넘게 입고한 책"이나 "동네서점에서 3단으로 쌓아놓고 파는 책"이라는 대목이 눈에 와서 박혔다. 이 내용으로 제목을 지었다면 독자들이 더 궁금해했을 것 같았다.

동네서점에서 그렇게 많은 책을 한 번에 입고시키는 일은 거의 없을 테니까. "무슨 책인데?" 하면서 독자들도 한번 클릭해보지 않았을까. 이제 와서 제목을 바꿀 수는 없겠지만 더 많은 독자가 주목할 문장을 고르는 게 중요하다는 사실을 스터디를 통해 다시 알게 되었다. 때론 감성적인 문장보다 구체적인 팩트가 담긴 제목이 독자의 눈길을 사로잡는다는 걸 잠시 잊고 있었다.

글을 잘 쓰고 싶은 사람들은 글쓰기 모임을 한다. 직접 글을 쓰고 합평을 한다. 나와 동료들은 좋은 제목을 짓고 싶어서 스터디를 했다. 내가 뽑은 제목과 남이 뽑은 제목을 비교하고 분석하며 다양한 관점에서 들여다보려고 애썼다. 좀더 나은 감각을 익히려는 몸부림이었다. 어쩌면 그 몸부림 덕에 지금의 나도, 이 글도 있는 거라는 생각이 문득 드는 그런 날이다.

"속죄하는 마음으로
제목의 윤리를 고민해요"

프리랜서 에디터가 제목 뽑을 때 신경 쓰는 것

우연인지, 운명의 장난인지 내가 제목을 바꾸면 덜 읽히는 필자가 있다. 내가 바꾼 기사 제목과 바꾸지 않은 제목 조회수에서 큰 차이가 벌어지면, 그런 일이 반복되면 나보다 글쓴 사람의 감을 믿게 된다. 이번에는 또 어떨까 지켜보고 싶은 마음이 든달까. 그런 필자가 몇 명 있는데, 오늘 말하고 싶은 사람은 단편소설과 드라마, 영화 리뷰를 쓰는 프리랜서 에디터 홍현진 씨다.

사실, 현진 씨는 그럴 만한 인물이다. 왜냐하면 〈오마이뉴스〉 상근기자였던 그는 퇴사 후 시민기자로 활동하고 있기 때문이다. 취재기자와 편집기자를 두루 거친 현진 씨는 퇴사 후

〈오마이뉴스〉에 "나를 키운 여자들"을 연재한 바 있다(지금은 "문제적 여자들"을 연재하고 있다).

> 질풍노도의 시기를 보냈던 지난 4년간 '이렇게 사는 게 맞나' 싶을 때마다 꺼내 봤던 32편의 영화와 드라마 속 여성 캐릭터들의 서사를 통해 내 안의 진짜 욕망을 들여다보게 된 이야기를 담았다. 일에 대해, 관계에 대해, 글쓰기에 대해, 나이 듦에 대해, 엄마, 딸, 아내로 살아가는 고민에 대해 썼다. 결국은 '어떻게 살아야 할 것인가'에 대해.
> – 홍현진, "이 많은 '미친 여자'들을 어떻게 모았냐고요?", 〈오마이뉴스〉 2023년 1월 27일자.

'올해의 뉴스게릴라' 시상을 위한 자료 중 하나인 '2023년 하반기 최다 조회수 10'에도 현진 씨 이름과 제목("'너도 자위하잖아' 이런 엄마는 처음이야")이 있었다. 2023년 상반기 최다 조회수 10에도 이미 포함된 그였다("한밤중에 도배하던 부부가 결국 무너진 이유"). 이쯤 되니 현진 씨에게 묻고 싶은 게 생겼다. "님아, 언론사 밖에서 제목 뽑는 건 뭐가 좀 달라?"

요즘 어떻게 지내요?

프리랜서 에디터로 일하고 있어요. 외주로 인터뷰 작업을 하고, 콘텐츠 감수를 하고, 칼럼 기고도 하고. 글로 하는 모든 일은 다 하고 있는 것 같습니다(웃음). 올해는 인터뷰 작업에 대한 책을 내기로 해서 준비하고 있어요.

상·하반기 최대 조회수 보고서에 이름이 두 번이나 들어가 있더라고요.

저도 조회수 보고 깜짝 놀랐는데요. 드라마 〈남남〉에 대한 글 "'너도 자위 하잖아' 이런 엄마는 처음이야"는 편집기자가 뽑은 제목이라 제가 뭔가를 잘해서 조회수가 높은 건 아닌 건 같은데…. 그래도 옛 직장에 조금이라도 보탬이 됐다니 다행스러운 마음입니다(웃음).

그래서 묻고 싶은데, 현진 씨는 주로 책과 드라마 혹은 영화, OTT를 보고 글을 쓰잖아요. 혹시 그런 영역의 글을 쓰고 제목을 뽑을 때 염두에 두는 게 있나요?

꼭 콘텐츠에 대한 글을 쓸 때만 해당되는 건 아니지만 '제목이 본문 내용을 해치지 않는가?'를 가장 많이 고려해요. 사실 편집 기자로 일했기 때문에 제목에 어떤 키워드를 넣으면 잘 읽히는지 어느 정도는 알고 있다고 생각하거든요.

예를 들어, 최근에 썼던 악뮤 수현에 대한 글 같은 경우, 수현의 외모와 관련된 제목을 넣었다면 더 잘 읽혔을 수도 있었을 거예요. 그런데 연예인의 외모를 함부로 품평하는 것을 글에서 비판하고 있는데 제목에 외모 관련 키워드를 넣는 건 이율배반적이잖아요. 글의 진정성이 의심받게 되겠죠. 독자의 호기심을 불러일으키면서도 본문이 갖고 있는 본질과 배치되지 않는 제목을 고민하게 되는 것 같아요.

맞아요. 이 일을 하는 동안 그런 고민은 늘 안고 사는 것 같아요. 낚시와 낚시질 사이의 줄타기를 하고 있달까. 제목이 낚시질이 되지 않기 위해 스스로 조심하는 게 있나요?

이전에 연재했던 "나를 키운 여자들"은 겉으로 보기에는 이상하고 뒤틀려 보이는 여자들의 속사정이 본문에 담겨 있기 때문에 제목이 다소 낚시성이거나 자극적이라 해도 크게 문제가 되지 않았던 것 같아요. 제목에서 가졌던 편견이 본문을 통해 해소되니까요. 그런데 지금 쓰는 "문제적 여자들"은 아무래도 실제 인물을 다루는 경우가 많다 보니 제목을 뽑을 때 더 조심하고 신중해지더라고요. 제목을 위해 인물의 이미지를 가볍게 소비하는 건 아닌지 혹은 제목이 오히려 부적절한 이미지를 덧씌우는 건 아닌지 한 번 더 고민해보려고 해요.

올해 인터뷰 작업에 대한 책을 낸다고 했는데, 리뷰성 제목과 인터뷰 제목을 짓는 일에도 차이가 있을까요?

인터뷰 제목을 지을 때는 위와 같은 고민을 정말 많이 하게 돼요. 실제로 제가 시간을 들여 인터뷰를 하고 원고를 작성했던 사람에 대한 글이니 제목을 뽑을 때 더 마음이 쓰이죠. 인터뷰 제목이 인터뷰이를 소개하는 한 줄이 될 수 있으니까요.

그렇군요. 그렇다면 최근 본 글 중에 인상적인 제목이 있는지 궁금해요.

최근 발행된 〈오마이뉴스〉 '사는 이야기' 기사 중에서 "95세–92세 두 형제의 맞절"이라는 제목이 인상적이었어요. 군더더기 없이 담백한데 본문 내용을 상상하게 만들고, 그러면서 살짝 울컥한 마음이 들게 하잖아요. 힘을 뺀 제목인데 그래서 더 와닿았어요.

현진 씨가 생각하는 좋은 제목은 뭔가요? 회사 안에서 일할 때

의 생각과 밖에서의 생각이 달라졌는지도 궁금해요.

본문을 읽고 나면 더욱 납득이 가는 제목! 회사 안에 있을 때는 아무래도 조회수를 신경 쓸 수밖에 없다 보니 지금 생각하면 부끄러운 제목도 많이 뽑았던 것 같아요. 본문 안에 있는 일부 자극적인 단어를 끄집어내 제목을 만들기도 했고요.

궁금해서 클릭하기는 하는데 제목 때문에 본문의 가치가 오히려 반감되는 제목들 있잖아요. 예컨대 노출신만 부각시켜서 영화의 작품성을 퇴색시키는 홍보 전략에 비유하면 될까요? 그런데 요즘에는 브런치스토리에도, 인스타 릴스에도 그런 제목이 많은 것 같아요. 그래서 회사 밖에서는 속죄하는 마음으로(웃음) 제목의 윤리를 고민하고 있습니다.

조회수의 유혹과 제목의 윤리

질문은 내가 했는데 찔리듯 아프게 느껴지는 대답이 있었다. 얼마 전 기사가 생각났기 때문이다. 그 기사도 인터뷰였다. 현진 씨 말대로 그날의 나는 읽힐 만한 키워드인 '미우새 엄마들'을 제목으로 삼았다("미우새 엄마들은 참 이상하지… 서른 넘으면 내 새끼 아닌데"). 기사 배치 시간도 방송이 나가는 앞뒤로 잡아달라고 했다.

퇴직 후 공부하는 삶을 살고 있는 인터뷰이에 대한 글이었는데, 제목은 사실 본문 내용과 크게 상관이 없었다. 알면서도 그렇게 뽑았다. 자식들에게 얽매이지 않는 삶, 자식과의 적당한 거리야말로 은퇴 이후의 삶을 풍요롭게 할 수 있는 기본 조건이 아닌가 싶기도 해서.

오랜만에 시민기자가 직접 나선 인터뷰여서 공들여 쓴 만큼 많이 읽혔으면 하는 바람도 컸다. '미우새 엄마들'이 아닌 베이비부머세대의 자기계발 내용을 담은 제목으로는 별로 눈에 띄지 않을 것 같았다. 그러면서도 속으로는 '이렇게 나가도 되려나' 하는 걱정이 없지 않았다.

예상대로 반응은 좋았다. 인터뷰를 한 시민기자는 "제목 때문인지 기사를 정말 많이 봐서 놀랐다"면서 이번 기사 제목에 대한 반응이 두 가지로 엇갈렸다고 말해주었다. 책을 낸 출판사는 그다지 반갑지 않은 내색을 했다고 했고(그럴 수 있지), 제목만 본 비슷한 연배의 지인들은 평소 미우새 엄마들이 좋게 보이지 않았는데 속 시원하다고 했단다(그럴 수 있지).

이 반응도, 저 반응도 다 예상되는 바였다. '이럴 때는 무엇이 좋은 제목이냐'는 물음에 궁색하고 어색한 변명을 하고 말았다. 책 기사는 조회수가 높기 어려운데, 독자들이 이 정도 봤다면 저자 입장에서는 책을 많이 알린 셈이고, 확인할 수 없지만 그것이 판매로까지 연결되었다면 그것대로 의미 있는 제목이 아니겠느냐는. 모두 공감하고 수긍할 만한 제목이었으면 더 좋았을 텐데. 현진 씨 말처럼 이번 제목이 "노출신만 부각시킨 영화" 같아 속이 계속 편치 않았던 것이다. 이미 지난 일, 다음에 더 잘하자.

끝으로 나에게 궁금한 건 없냐는 질문에 현진 씨는 "편집부에서 일하면서 조회수를 신경 쓸 수밖에 없을 것 같은데요. 조회수의 유혹과 제목의 윤리 사이에서 고민될 때 어떻게 하시는지 궁금하다"라고 물었다. 무거운 질문, 위트 있게 답변하고 싶은 건 마음뿐. 딱 '두 글자'가 생각났다. 그 답변으로 글을 마무리한다.

선을 넘지 않으려 애써요. 문장을 써놓고 윤리적인 부분에서 고민이 되면 '이래도 되나' 시간을 두고 한 번 더 생각해요. 매체 입장에서야 글을 잘 파는 것에 신경 쓰지 않을 수 없지만 글은 상품이 아니니까. 특히나 기사라는 특성상 글의 영향력과 파급력을 고려하면 더 그렇죠.
'조회수의 유혹과 제목의 윤리' 사이에서 고민될 때 저는 우선 독자를 떠올립니다. 독자는 이걸 어떻게 받아들일까를 생각해요. 잘 모르겠으면 다른 편집기자의 생각을 듣기도 하고요. 가장

이런 제목 어때요?

중요한 독자의 입장에서 선정적으로 보인다거나 편파적, 일방적, 과장, 왜곡, 선동 등으로 읽힌다면 백만 명(웃음)이 읽을 만한 제목이라도 접게 되는 것 같아요.

제목에는 마침표가 없다

최종, 진짜 최종이 있을 뿐

이상한(?) 글을 본 적이 있다. 글을 재미있게 잘 쓰시는 분인데 문장에 마침표가 없다. 재차 확인해봐도 문장이 끝나는 표시인 마침표가 없다. 한 번이면 실수인가 싶은데 아니다. 계속 없다. 마침표가 있어야 할 자리에 마침표를 계속 찍어나가면서 생각했다. 왜지? 몰라서는 아닐 텐데…. 글을 잘 쓰시고, 글쓰기 강의도 하시는데 왜 마침표가 있어야 할 자리에 마침표가 없지? 너무너무 궁금했다. 직접 물어봤다. 편집기자는 그래도 된다. 왜냐면 너무 이상하잖아.

"왜 마침표를 안 찍으신 거예요?"

"아, 그거 제 습관이에요."

"네? 뭐, 앗, 그런 습관도 있군요. 그래도 마침표가 있어야 하는 건데…. 찍어주시죠."

마침표를 안 찍는 게 습관이라니! 생각도 못한 답변에 적잖이 당황했다. 그러나 마침표를 찍지 말아야 할 문장도 있다. 바로 제목이다. 문장에는 마침표를 찍어야 하지만 제목에는 찍지 않아도 된다. 왜 제목에는 마침표를 찍지 않을까?

이런 거 나만 궁금한가? 찾아봤다. 오래전 기사 하나가 검색되었다. 시 제목에 대한 질문이지만 일반적인 제목에 관한 글로 봐도 무방하지 싶다.

[지식 수사대] 왜 시 제목 뒤에는 마침표를 찍지 않을까?

마침표, 물음표, 느낌표 등을 문장부호라고 한다. 문장부호란 문장 각 부분 사이에 표시해 논리적 관계를 명시하거나 문장의 정확한 의미를 전달하기 위해 표기법의 보조수단으로 쓰이는 부호다. 즉 문장부호를 만든 목적이 문장의 정확한 의미를 전달하기 위한 것인데, 제목은 문장이 아니다. 간혹 문장 형식으로 쓰인 제목도 있지만, 그 뒤에 이어지는 문장이 없다. 만약에 제목에도 이어지는 문장이 있을 경우 앞뒤 사이를 표시해 논리적 관계를 밝힐 필요가 있다. 그러나 제목은 뒷 문장이 없으므로 문장부호를 쓸 필요가 없는 것이다. 간혹 긴 문장 형태로 된 제목

이런 제목 어때요?

일 경우, 중간에 반점, 따옴표, 줄표 등을 쓰기도 하지만 마침표(온점, 물음표, 느낌표)는 쓰지 않는다. 다만 현대 작품의 경우 독자에게 강한 인상을 주기 위해 물음표나 느낌표를 사용하는 경우가 있다고 한다.

－2005년 언론기사 인용.

나는 종종 제목도 문장이라 표현했는데 이 글에 따르면 제목은 문장이 아니기 때문에 마침표를 찍지 않는단다. 문장이냐, 아니냐를 따지려는 것은 아니다. 그보다 나는 제목에 마침표를 찍지 않는 것이 제목의 속성을 보여주는 것이 아닐까 생각했다. 무슨 말이냐면, 제목에 '마침'이라는 게 있을까 싶어서다. 시간의 제약이 있기 때문에 제목을 '결정'하기는 하지만 그것이 '마침'을 의미하는 것은 아닐 거다. 가장 나중에, 가장 좋은 것을 취하는 것이 제목이지 않을까.

즐거움에 끝이 없는 것처럼 제목에도 끝이 없다. 최종, 최종 선택만이 있을 뿐. 최종 버전으로 지어놓은 제목도 한 시간 혹은 하루가 지나 다른 더 좋은 제목이 떠오르기도 하고, 별로였던 제목이 어느 타이밍에는 딱 맞는 제목이 되기도 하니까. "제목에는 마침표가 없다"는 이 글의 제목은 처음부터 작정하고 지었다. 반면, 글에는 마침표가 있으니까 이제 끝.

이런 제목 어때요?

1판 1쇄 찍음 2024년 07월 25일
1판 1쇄 펴냄 2024년 08월 10일

지은이 최은경
펴낸이 천경호
종이 월드페이퍼
제작 (주)아트인
펴낸곳 루아크
출판등록 2015년 11월 10일 제2021-000135호
주소 10881 경기도 파주시 회동길 480, 아트팩토리 NJF B동 233호
전화 031.998.6872
팩스 031.5171.3557
이메일 ruachbook@hanmail.net

ISBN 979-11-88296-87-3 03800